U0009294

LOCUS

LOCUS

LOCUS

LOCUS

RECREATION

R51
瘋狂畢舞夜
AU REVOIR, CRAZY EUROPEAN CHICK

作者：喬・施瑞柏（Joe Schreiber）
譯者：吳俊宏
責任編輯：江怡瑩　美術編輯：何萍萍
校對：呂佳真
法律顧問：全理法律事務所董安丹律師
出版者：大塊文化出版股份有限公司
台北市10550南京東路四段25號11樓
www.locuspublishing.com

讀者服務專線：0800-006689
TEL：(02) 87123898　FAX：(02) 87123897
郵撥帳號：18955675　戶名：大塊文化出版股份有限公司

總經銷：大和書報圖書股份有限公司　地址：新北市新莊區五工五路2號
TEL：(02) 89902588　FAX：(02) 22901658
排版：辰皓國際出版製作有限公司 製版：瑞豐實業股份有限公司
初版一刷：2013年5月

定價：新台幣250元
Printed in Taiwan

AU REVOIR, CRAZY EUROPEAN CHICK

瘋狂畢舞夜

喬・施瑞柏 Joe Schreiber——著
吳俊宏——譯

序曲

請描述某次重要的經驗或成就，以及它對你造成的影響。（哈佛大學）

「妳打中我了，」我說。

我整個人趴在地上，痛得差點沒暈死過去。她站在離我二十英尺遠的地方，一手握著自動手槍，一手拿著短獵槍，默默抹去眼角的血跡。時間是凌晨三點。第三大道八五五號四十七樓曾經是我爸的法律事務所，現在幾乎成了一片廢墟。幾名警察躲在沙發後面不敢輕舉妄動。

她的嘴巴在動，但我聽不見她在說什麼。震耳欲聾的槍響讓我暫時喪失了聽力。

我想起了我爸。

我深呼吸一口氣，辦公室的邊牆不知為何竟顯得有些扭曲。我快休克了。疼痛越來越劇烈，說不定在看到結果之前，我就已經暈死過去了。這樣也好——反正我向來不擅長收拾爛攤子。

她朝我走來，蹲在身旁，把我輕輕摟進懷裡，慢慢把嘴湊到我耳朵旁，好讓我聽得清楚。

「派瑞，」她說，「今晚我玩得很開心。」

1

你在青少年時期和你的朋友有何截然不同之處？請舉例說明之。（普及桑大學）

戈碧全是我媽的餿主意。

我沒有怪她的意思。事情會演變成這樣，不能全怪某個人。我不算是個有宗教信仰的人，然而，血光之災一旦開始蔓延，感覺起來還真有點像天主教說的罪一樣——你一點，我也一點，一個傳一個。別忘了坐在角落的那個人——他也有份喔！如果硬是要把罪過怪在戈碧頭上，也不是不可以，不過，這就像怪上帝為什麼要下雨，或是怪地震為何偏偏挑上第三世界國家某些還住在土屋裡的人一樣。事情發生了，就這麼簡單。凡是想問出個所以然的人，就像常被發酒瘋的父母海扁的小孩一樣，一邊收拾殘局，一邊還在心裡替這一切編出各式各樣的理由。你大可以說，人類如果不這樣的話，那就太無聊了，對於某些在外太空觀察我們的外星人來說，或許如此。但對我而言，這實在太可悲、太悽慘了。

總而言之，這一切都是因為我媽在我這個年紀的時候，家裡也曾接待過一個德國來的交換學生。那個人現在是家庭諮商師，住在柏林郊外，我媽和她的感情很好，這麼多年來從沒斷了聯絡。我爸媽每次去歐洲，都會去找她和她先生，據我所知，每次只要一碰面，他們就會把以前那些老掉牙的事情全都挖出來，你一句我一句，笑得東倒西歪，可樂的呢！就在我上高三之前，我媽忽然心血來潮，覺得要是我們家也來接待一個交換學生的話，一定可以有很多文化上的交流。我爸下意識地順著她的話敷衍了幾句——老實說，我連他到底有沒有在聽她說話都很懷疑。

戈碧就這樣進了我們家。

戈碧佳・札克索斯卡斯。

媽逼著我和安妮把她的名字重複寫上二十遍，我們還特地花了一番工夫，在某個立陶宛網站上，查出她的名字怎麼發音，免得把她的名字給叫錯了。不過，就算叫錯了，我也不覺得她會糾正我們。打從我們在甘迺迪機場的國際線航廈外接到她之後，她最常掛在嘴邊的一句話就是：「叫我戈碧就好」，而我們也乖乖照做，啥也沒多問。

回到家之後，我們把她安頓在走廊盡頭的客房，房裡不但有獨立衛浴，還有一台桌上型電腦，讓她可以和家人通Skype。我的房間就在她隔壁，晚上我在背ＳＡＴ單字或絞盡腦汁準備大學入學資料時，常聽她和半個地球外的家人在聊天，鏗鏘低沈的聲音一串接一串，沒半個字聽得懂。

至少，我以為她是在和家人聊天。

不論你跟哪一群高中男生說「女交換學生」這幾個字，他們的反應保證會像一群原本在打牌的狗，忽然同時嗅到全新異國風味的狗餅乾，露出完全相同的表情。戈碧來之前，我常拿這件事跟小周還有其他人閒嗑牙——這是一定要的啦。在我們腦海裡，來的人是個散發著地中海風情的辣妹，眼波流轉，飽滿的嘴唇性感破表，玲瓏有致的身材猶如歐洲跑車般誘人，一雙修長美腿就算去當泳裝模特兒也沒問題。我想，在上大學前，竟然從天上掉下一個正妹千嬌百媚地教我功課，真是太爽了。

如今回想，我連笑都笑不出來。

戈碧比我妹高不到哪去，常把她油膩膩的黑頭髮擰成一大坨，塞在後腦杓上。不過，那坨頭髮可有個性了，突出兩個像企鵝鰭狀肢的尖角，油亮黑光閃動，非得這樣才高興。她的臉完全消失在那副工業級黑色角框眼鏡後面，厚重的鏡片底下，一雙眼睛總是朦朦朧朧，沒什麼血色，和顯微鏡底下的阿米巴原蟲沒差多少。她的皮膚是死白色的，活像即食馬鈴薯泥，哪怕只是一小顆粉刺或疤痕，看來都讓人怵目驚心。有一次，而且就只有那麼一次，我十二歲的妹妹安妮好心地跟她分享一些化妝的技巧，戈碧聽了彆扭得跟什麼一樣，我們也只好假裝什麼事情都沒發生過。

驚慌之中，夾雜著遲疑和揣揣不安的困惑——這可以說是她的一號表情。若是在某些高中，她很可能因為這種表情而淪為其他同學霸凌的對象，但在上泰爾高中，她卻如同一抹胸前抱滿書的鬼影，總是在置物櫃附近飄來蕩去，成了不折不扣的隱形人。她的衣櫥裡幾乎全是些厚重衣物，除了羊毛衣、類似連身工作服的襯衫之外，甚至還有一種織得密不透風的棕色長裙，不管是怎樣的體型，穿上之後，全都會像雪崩之後一片平坦。她唯一戴過的首飾是一條不起眼的銀項鍊，半心形的墜飾垂在半胸前。每天晚上她坐下來和我們一起晚餐時，那條項鍊便很有禮貌的發出叮叮噹噹的聲響，伴著她低沈而正式的英語，回答我媽那些關於運動和時事的問題，而我們也總是找得到好理由開溜，留下她們繼續那些無聊的話題。

抵達六週後，某一天在學校餐廳吃午餐時，她忽然失去意識，一頭栽進碎牛肉餅和馬鈴薯泥裡。當時我在餐廳的另一端，蘇珊•摩納漢以為她嗝屁了，嚇得驚聲尖叫。過沒多久戈碧悠悠醒轉，發現自己躺在保健室裡，同樣有一套說詞。

「我有時候會恍神，」她說，「沒什麼要緊的。」後來我爸媽問她為什麼從來沒和他們說她有這種情況，戈碧只是聳聳肩，默默說了聲「已經控制住了」，這個話題便就此結束。

控制住了才有鬼咧，那次之後，她至少陸續「恍神」過十來次，而且經常接連出現，似乎和壓力有些關聯，但我們從來無法預料下一次會在什麼時候發作。後來我們終於瞭解，用專業術語來說，這種情形叫作「顳葉癲癇」，基本上是種腦部放電活動出現短路的症狀，可能原因包括了基因遺傳及腦部創傷。杜思妥也夫斯基便患有這種毛病，梵谷也為此困擾不已，如果你信得過我的話，連聖保羅在前往大馬士革的路上之所以會被人從驢背上打下來，說不定也與此有關。我只知道她不能開車。有一次，我發現她僵著背脊坐在餐廳裡，雙眼微睜，目光渙散。我伸手碰了碰她肩膀，沒想到她竟然瞄都沒瞄我一眼。

儘管如此，或者該說正因為如此，我在學校走廊上碰見她的時候，總會笑著和她打招呼。我不但幫她寫英國文學課的作業，甚至到了紐約證券交易所報告截止的當天清晨，還在替她準備PowerPoint的內容。即便如此，她每次和我擦肩而過時，總是把頭轉開，彷彿別人在我背後說了多少閒言閒語，她都一清二楚。這裡的別人指的不是我那群死黨，而是狄恩・維特克和薛普・夢露那幾個錢多到沒地方花的世界無敵敗類，他們的老爸可是全球五百大企業榜上有頭有臉的人物，每天都在無情的國際金融市場上尋找下一個獵物。對我而言，這群人就像是耳邊風一樣。我的朋友除了那些和我一起在「尺蠖」樂團玩音樂的人以外，另外還有一、兩個常和我鬼混的傢伙，連我爸逼我退出游泳隊，硬要我參加辯論社的時候，他們也沒唾棄我。就算他們無法完全理解我的處境，但至少還願意同情我。*辛苦了，史都麥爾，你一定要撐下去啊。*

*嗯，還好啦，其實也沒那麼糟。*我說。

我說的是實話，至少在我媽要我帶她去參加畢業舞會之前真的沒多糟。

2

在自我認同及對未來的抱負這兩個面向上，家中哪一位成員對你的影響最大？（達特茅斯學院）

再過兩個星期就是畢業舞會了，但是我到現在都還沒有購票。這是我第一個藉口。我媽說，這根本不成問題，她有幾個朋友在顧問委員會，不可能連一張票都要不到。

我不是那種很重視畢業舞會的人，我們這一掛的都和我一樣，只有小周例外。他女朋友挑明了說，如果不帶她去參加畢業舞會的話，除了分手沒有第二條路。這個消息傳開之後，我們當然不可能口下留情啦，絕對是先把他虧到爆再說，但私底下小周似乎覺得，成為眾人目光焦點的感覺還滿不賴的。他甚至特地跑去曼哈頓找人替他做髮型，而且還敢大剌剌的跟我們說。那傢伙八成有自虐傾向，除此之外，還真沒有其他合理的解釋。

眼看門票這招沒效，我只好亮出王牌，提醒我媽那天晚上尺蠖有表演，而且是在A大道上知名的蒙提酒吧，可不是扮家家酒隨便玩玩而已。再說了，這可是我們在紐約市內第一次真正的演出。「喔，你怎麼不早說呢？」從我媽的反應研判，我覺得應該還有機會順利脫身。她看過我們在社區附近的幾場表演，但她也知道到紐約演出可不是天天都有的機會。

後來，換我爸上場。

我爸每次出手都讓我措手不及。這就是我爸的風格。或許正因為如此，他才能成為一位傑出的訴訟律師，再想想，他會選在他的辦公室裡跟我攤牌，也就更理所當然了。

我爸的辦公室在四十七樓，居高臨下，俯瞰著底下紐約鬧區的第三大道。他常說他在「天堂和百老匯的中間」，每次聽他這麼說，我腦海裡總會浮現某個人破窗而出，一路尖叫，然後「啪！」的一聲在人行道上摔成肉餅的畫面。每星期二和星期五放學之後，我會從學校直接走路到火車站，搭上紐哈芬線的火車，花一個小時左右到紐約中央車站，然後往北走八個街區，再往東兩個街區來到哈瑞特、史塔森與弗利普聯合事務所辦公室。

寬敞的大廳裡，除了一座巨大無比的噴水池之外，還有數以噸計的鋼材和玻璃。我拿出個人專用感應卡片刷了刷，穿過旋轉門，朝保全人員對面遠處那排電梯走去。到了四十七樓之後，那幾位秘書總是有堆積如山的工作等著要我完成，不是影印、裝訂，就是要整理檔案，連晚一點才會到的國際包裹也要我處理。就兼職的工作來看，這份差事的薪水比麥當勞好。我現在還卡在哥倫比亞大學的候補名單裡，我爸說，如果能弄到一份由某位資深合夥人寫的推薦信，甚至是凡樂希·史塔森本人願意幫忙的話，我鐵定能夠鯉躍龍門，輕輕鬆鬆進入錄取名單中。我已經獲得了康乃狄克大學和三一大學的入學許可，但哥倫比亞大學才是我追尋的聖杯。

「現在都已經五月了耶，誰知道他們的名單是不是已經決定好了？」我媽提出了這樣的質疑。

「他還沒收到拒絕信，就是因為這樣，才更需要推薦信。」我爸說。「現在努力還不算太晚。」

我在四十七樓的影印室裡，險些沒被印好的切結書給滅頂，我爸忽然晃了進來，劈頭就是一句：「你媽跟我說，你在找燕尾服。」

他這個人有個特點：如果他要突襲你，絕不可能讓你不痛不癢。他總是一再告誡我，準備迎戰的時候，千萬不要背對敵人，於是我放下手裡的資料，轉身和他正面交鋒。快要六點了，有一半的合夥人已經下班，但我爸湛藍的雙眼卻綻放著歡欣鼓舞的光芒，領結依舊筆挺，彷彿才剛刮過鬍子一樣，整個人看上去精神抖擻。我們就像動物星球頻道裡的獵食者和獵物。

「我辦不到，」我說，「那天晚上我們在城裡有表演。」

「以後還有別的機會可以表演啊，派瑞。」

「這次可不一樣。我們為了這場表演足足排了三個月的隊，而且還得自掏腰包，才有機會上台。」

他的瞳孔緊縮如鉚釘，彷彿眼裡有一條條肌肉，而他正憑著意志力在緊縮他的瞳孔。

「如果你要繼續無理取鬧下去的話，我馬上閉嘴。在這個地方，哪怕是一點小事都會讓我的聲譽受損。」

「這到底是誰出的餿主意，是戈碧還是媽？」

「她下個星期就要回去了，」我爸說，「你媽覺得，用這種方式歡送她滿不錯的。」他稍稍往我這邊挪了幾步，頓時，一股古龍水的味道灌進我鼻腔，聞起來頗有品味，應該是高檔貨。「聽我說，我們都知道，她來的這一年過得不是那麼愉快。讓她開開心心的離開，不是很好嗎？」

「你沒回答我的問題。」我說。

我爸點了點頭。我知道，我可以用這種方法來和他對陣，不久的將來，我無疑地將成為法庭上一名侵權干擾的馬賽戰士，這麼做有助於磨練我的技巧。

「據我所知，」我爸說，「是戈碧主動向你媽提起的。」

「等等，你是說，她是真的希望我帶她去參加畢業舞會嗎？」不論怎麼說，這也未免太荒謬了，然而，在嗡嗡作響的影印機陪襯下，親耳聽見我爸這麼說，感覺起來卻又有幾分真實。「她連在學校走廊上都不看我一眼，更別提在家裡了。」

「可是，你會看她啊，還會笑著和她打招呼呢。而且，你不是還幫她寫過作業嗎？我就簡單說吧，你雖然只是做到了最起碼該有的照顧和禮貌，但是，在我看來，比起其他同學，你已經好太多了。除了你，她還能找誰帶她去呢？」

我連忙搖頭。「爸，你聽我說，如果是其他晚上的話——」

「可惜不是。就是星期六晚上。」他就只把話說到這，但可不是在等我回覆，而只是在讓他的話有機會在我腦子裡發揮作用。「明天，你媽會帶你出門去訂做燕尾服。我知道，這對你來說犧牲不小，為了讓你好過些——」他從口袋裡掏出一串車鑰匙，在我面前叮叮噹噹晃了幾下，積架標誌的鑰匙圈閃著金光，四周影印機慘綠的光芒頓時顯得黯淡無比，「車子就由我來贊助吧。」

那串鑰匙，我連看都沒看一眼。我長這麼大，那輛積架他只讓我開過兩次，還只是從車道上倒車出來清洗而已，但有時候也會讓我坐在裡頭念書。光是從他的語氣我就已經明白，這招可不是什麼協商技巧。說穿了，那輛車就像是根狗骨頭，車是他的，他只是用車來引我上鉤罷了。在他心中，這件事已經搞定了。接下來，不論發生什麼事，都只是安撫情緒用的潤滑油罷了。

「爸，我不想去。」

「男人要負的責任不是只有自己一個人而已，派瑞。」

「這代表我連選擇的機會都沒有嘍？」

「這代表在這件事情上，你必須放下個人自私的考量，替其他人著想。也該是時候了吧。」

也該是時候了吧，就是這幾個字惹毛了我。現在回想起來，要是當初他沒這麼說，我或許還嚥得下那口氣。偏偏他就是那麼機車，氣得我火冒三丈。我還沒回過神來，竟已一把抓起影印機上的鑰匙，順手扔了出去，鑰匙破空而出，砰一聲撞上櫃子，掉在幾箱影印紙旁的地板上。

「我自私的考量？我做的每件事都是為了別人耶！」正當我這麼說的時候，我發現我爸的表情從驚訝、憤怒，慢慢冷卻成一種液晶般事不關己的漠然，前後不過短短幾秒鐘。我又再一次明白——這是第一百次了——要不是他真有兩把刷子，絕不可能成為紐約最負盛名的公司的合夥人之一。他不但有飛機試飛員過人的膽量，更可以如同科摩多巨蜥般冷酷無情。假如某天你坐的飛機失控，你絕對會希望把安全降落的重責大任交付在他身上。

事到如今，我只能以僅有的武器反擊：抓狂。

「你硬逼我退出游泳隊，要我好好用功讀書，」我忿忿地說，「我照你的話做了。然後，你逼我申請哥倫比亞大學，還要我為了一封鬼推薦信忙得跟狗一樣，我也做了。我所有的一切就只剩下這個樂團和這場演出而已，再怎麼樣，你也該把它留給我吧，我要的不多，這一樣就好，行嗎？」

他像是在忍受一個不入流的街頭藝人，默默等我發洩完怒氣，才用和緩的語氣問：「鬧夠了吧？」

「夠了。」

「很好。你媽明天會帶你去訂做燕尾服。」他再次伸出放在口袋裡的手，遞給我一張百元美鈔。「舞會結束後，我想你該請她去吃頓午餐，表示你對她的感謝。」

「省省吧，我自己有錢。」我說。

「這我當然知道，」他帶著笑意走去把車鑰匙撿起來，留我一個人獨自站在原地。

我頭也不回往大廳走去，按下電梯鍵。去他的影印。讓他自己去傷腦筋吧。電梯才往下走了兩樓就停了，一位身材高䠷、氣質典雅的女人走了進來，她穿著套裝，手裡拎著公事包，站在我身旁，低聲地講電話。她大約五十出頭，棕色的頭髮別在腦後，露出一段彷如天鵝般纖細的脖子，皮膚上看不見一絲皺紋。我一時還沒意會到，身旁這個人就是我爸公司資深合夥人之一的凡樂希•史塔森，我之所以在這拚死拚活的瞎忙，就是希望她能替我寫封推薦信給哥倫比亞大學的招生委員會。幾個星期前，有一次我經過她位在角落的辦公室門口，無意間瞥見窗外曼哈頓的夜景，那種景象只有某些佔據了人類文明中特殊地位的人才能獨享。她說完電話後，轉頭對我上下打量了一番，想必是認出我來了。

「你是菲爾•史都麥爾的兒子對吧？」

「對啊，」我答道，「我是說，沒錯，女士。」我伸出手，剛才和我爸吵了一架之後，到現在都還面紅耳赤。「我叫派瑞。」

她握了握我的手。「你在這兼差嗎？」

「只是打打雜而已。我還在念高中。」

「今年畢業嗎？有什麼打算？」

「希望能上哥倫比亞大學法律系。」

「真的呀？」她揚了揚眉毛。「當律師是你從小的志願嗎？」

「沒錯，打從我有記憶開始。」

「很好。我常跟人說，如果他們不是從小就想當律師的話，還是趁早改行比較好。」她伸出手，把我的手翻了過來，像是個看手相的人一樣，仔細檢查指頭上的繭。「你彈吉他多久了，派瑞？」

「抱歉？」

「你的指頭告訴了我。看來你已經彈了好一陣子了。」

她握著我的手，雙眼凝視著我，沒想到我竟因此而開始臉紅。一察覺到自己在臉紅更是令我渾身不自在。「大概是從五年級開始吧，我猜。」

「我念大學的時候交過幾個彈吉他的男朋友。老實說，我是靠這過活的，甚至還因為這樣，在歐柏林學院小有名氣呢。」說著說著，她笑了起來，這時我才發現，她上的唇蜜和她原本的膚色幾乎是一模一樣的顏色。「你還不賴吧？」

「我不懂妳的意思。」

「彈吉他的技術啊。」

「我組了一個叫作尺蠖的樂團，最近會到A大道的蒙提酒吧表演。」我原本想就此打住，但還是遲了一步。「歡迎妳來瞧瞧。」

「你的意思是？」

「來看我們演出啊，」我說，「我可以把妳安排在貴賓席喔。」

「我已經很久沒到A大道去了。」電梯叮了一聲，兩扇門打開，已經到了一樓大廳。

「表演是在哪一天晚上？」

「星期六晚上十點。不過，我們通常會晚一點才開始。」

凡樂希微微嘟了嘟嘴。「真可惜。我整晚都得待在這。」

「妳是指辦公室嗎？」

「對合夥人來說，夜以繼日的工作是家常便飯啊，派瑞。」她眨了眨眼，露出一個我不太能理解的眼神。「問問你爸就知道了。」

我跨出電梯，望著她一步步踏過大理石地板，經過噴水池，朝門口而去，喀答喀答的腳步聲猶如碼錶般分毫不差，緩緩消失在耳際。當她踏上第三大道的那一瞬間，身後忽然爆出一串熟悉的笑聲。

「那種高檔酒你是喝不起的，兄弟。」

我轉過頭，發現高齡六十八歲的警衛魯弗斯就坐在接待處的櫃台後面。他在這裡值晚上六點到早上六點的班已經四十年了，這棟大樓是公司的沒錯，但也可以說是他的。

「嘿，她剛才提到我爸的時候是什麼意思？」我問。

「嘿，老兄，你指望我給你什麼答案？」說著他舉起手裡的《時代雜誌》遮住臉，只微微露出頭上那頂藍色鴨舌帽。「我啥也沒聽見。」

「我是認真的，魯弗斯。」

雜誌稍稍往下挪了幾吋，露出後面那對依然不敢掉以輕心的眼睛。「認真？這世界是個滑稽的地方，而且待得越久你會發現它越滑稽。老子沒唬你。」他舉起一個塑膠隔熱杯對著我問：「要來點咖啡嗎？你看起來需要振作一下。」

「不用了，謝謝。反正我也該走了。」

他睨了一眼手錶。「你不覺得還有點早嗎？」

「我的事已經處理完了。」

「帶把傘如何？」

「天上連朵雲的影子都沒有。」

「隨便你。」

就在離賓州車站還有三個街區遠的地方，第一聲雷鳴開始在櫛比鱗次的摩天大樓間迴盪，而當我好不容易衝到車站時，已經淋得像隻落湯雞了。

3

哪一個字最適合用來形容你？為什麼？（普林斯頓大學）

「混蛋，」我最好的死黨諾里朝我破口大罵，「你真是他媽天字第一號的大混蛋！」

我在房間裡和他講手機，以為這樣可以把我要去參加畢業舞會這件事的殺傷力減到最低……不過，我終於瞭解了，或許我不該等到舞會當天晚上才告訴他。

當我發現諾里竟然如此憤怒，我試著揣想，換作是我爸，他會怎麼處理這種情況？首先，要同理他沮喪的心情，絲毫不加批判。

「聽我說，」我試著平復他的情緒，「我知道你很不爽，這一切都是我的錯。」

「不爽？不爽這兩個字也未免太——太——太輕描淡寫了吧，你這個混——混蛋！你把我們的樂團給搞——搞砸了，竟然還那——那麼混——混——混蛋！」

「好吧，但可不可以麻煩一下，除了混蛋之外，難道就沒有別的可以罵了嗎？」

「沒——沒問題，律——律師大人，」諾里沒打算罷休，隨著情緒越來越激動，口吃的情形也越來越嚴重。諾里是樂團裡的鼓手，很少看他直接表露出心裡的憤怒，現在看他整個人在我眼前抓狂，就好像看見某個人過敏嚴重發作一樣。「你打——打——打算怎——怎——怎樣，用你的公事包扁——扁——扁我嗎？用集——集——集體訴——訴訟來壓我嗎？」

「諾里，你冷靜點行嗎？」

「你——你說——說——說過你會處——處理的，」他依然結結巴巴。「你不是保——保——保證絕對不會有問——問——問——問——」

「這不是什麼問題啊，好嗎？」我接著說。

「讓我把話說完！」

「對不起。」

「戈——戈——戈……呼……」他深呼吸一口氣，要自己趕緊放輕鬆。「戈碧想——想參加畢業舞舞——會嗎？」

「這不是重點，」我說。

他一聽，整個人又開始抓狂。「你——你——你知道嗎，你說的完全正確，這不是重重——重點，重點是你——你——你在你爸——爸面前，永遠不敢反——反——反抗，連最——最重要的一次都不敢。」

「老兄，給我閉嘴。」我說。

「我不——不——不懂，你為——為什麼還會介——介——介意，因——因為再過六——六年——年——年，你——你就——就——就會變得和——和——和他一模——模

──」

「別說了。」我整顆心全涼了。「我這輩子絕不會變得和他一樣。」

「隨──隨便你要怎樣唬──唬爛你自己，老兄。」接著，他忽然又迸出一句：「你──你──你連最後一次練──練習都沒來。」

「因為我得工作啊。」

「你看吧。」

我再也受不了了。「音響測試是幾點？」

「十──十點。」

「時間還很夠。」

「屁──屁──屁啦！你打──打算怎麼辦？衝回家，把她推──推──推下車──車，抓──抓了貝──貝斯再殺回城裡嗎？」

「不是，」我答道。老實說，我原本還真的這麼想。「我打算把貝斯帶在身邊。」

「要放哪？放在那輛積──積架的後──後──後車廂嗎？你跟我說──說過，你擔心會傷到彈簧鎖，所以連把它打開都會怕。」

「容我向你報告，」我也火大了，「那個彈簧鎖是出了名的難搞。你沒看過《消費者報導》嗎？那玩意兒修起來貴得要人命耶。」

諾里哼了一聲。他已經累得沒力氣飆罵了，只剩下全然的沮喪。「這一次我們真的被你搞砸了，派瑞。」

「我跟你說我會處理就會處理，好嗎？」我上前去把房間門關上，然後壓低聲音說：「聽我說。戈碧和我到現場之後，鐵定會覺得是自己搞錯狀況，巴不得馬上離開。我敢說，她絕不會待到超過九點。我把她送回家之後，換好衣服，就立刻趕過去，保證還有很多時間。這樣總行了吧？」

諾里默不作聲。我們倆一起玩音樂、填詞譜曲，轉眼已經六年了，在這六年當中，我們的樂團換過一卡車的名字，一開始我們叫作田納西絕地武士，然後改名叫馬里布機器人，後來又叫沙夏迦勒連體嬰，之後又陸續換成更衣室流氓、撥號音、翹皮、摩登原始人巴尼，我們還曾經以穀倉飛燕這個團名度過幾個星期悽慘無比的日子。我之所以會同意換成尺蠖這個名字，是因為他想的其他名字更不堪入耳。

「你最——最——最好能搞定，」他靜靜的說。「我是認真的，老兄，今天晚上可能會有某些人——人到場。是業界人士。」

「拜託，」我回他。

「少來這套，」他立刻回嘴，「派瑞，少裝作一副你不在乎的樣子，我有那麼不瞭解你嗎？我們從小學四年級就——就認識了耶，老兄。」

「我保證準時到。」說完我掛斷電話，也不知自己哪來的信心。

我爸、我媽和安妮三個人擠在樓下，準備拿我身上這套燕尾服大做文章。我爸甚至煞有介事地把車子的鑰匙交給我，我媽手裡捧著一個盒子，等著我把裡頭的胸花別到戈碧的衣服上。

「我的天啊！」安妮搗著嘴竊笑不已。「你看起來怪爆了。」

「閉嘴，」我聽了很火，「再說一次我的天啊妳試試看。」

「天指的是天上的主。我可是很尊敬主的呢。」

「夠了，安妮，」我媽出來主持正義了，「妳哥看起來很帥啊。」

「媽，少來了，他根本是個超級大怪咖，別再否認了。」

「我還記得我的高中畢業舞會，」話才提及，我媽似乎就真的沈浸在當年的回憶裡，默默的不發一語。

樓梯上傳來吱的一聲。戈碧一步步走下樓，在轉角處站定，默默望著我，而我們也全傻瞪著她。

第一個發難的人是我媽。

「噢，戈碧，」我媽說，「妳看起來……真漂亮。」

她依然緊盯著我，我試圖說些場面話來化解僵局，但腳底下的地面彷彿瞬間消失，「喔，不會吧」是當時我腦中唯一的念頭。我轉過頭和我媽四目相接。我原本以為，既然她會幫我打點燕尾服，想當然爾，應該也會給戈碧一些建議，幫她打點舞會要穿的禮服才對。

不過，顯然沒人幫戈碧這個忙。

與其說她穿著那身衣服，倒不如說她是被那堆衣服給滅頂了還比較貼切。她上半身套著一堆像山一樣的亞麻布，又鬆又垮，連個形也沒有，一些裝飾東一塊、西一片縫在上頭。下半身那件棕色羊毛長裙上，布滿條紋和幸運草圖案，長得蓋過了腳踝，連腳上有沒有穿鞋都看不出來。而且，她還把一條大手巾包在頭頂，繞過兩頰，在下巴上打了個結。她一邊肩膀上背著一個巨大無比的手工包，質感看來像是某種動物的皮，上頭裝飾著一條條的帶子、小袋袋和一些稀奇古怪的釦環。雖然這個包大到可以當手提箱來用，但我的直覺告訴我，這應該只是她的隨身包罷了。

「這是立陶宛人在節慶時穿的傳統服裝，」她的聲音迴盪在一片鴉雀無聲中。她左眼鏡片中央有一枚指紋，不偏不倚捺在她的眼球正上方。「我媽送我的。」

「嗯，還滿可愛的啊。」我媽說。

「謝謝妳，史都麥爾太太。」

「派瑞？」我媽遞出胸花，我千百個不願意走上前去，扭開別針，試著找地方替她別上。這是我第一次這麼靠近她，可以聞到她身上有股味道，那是不熟悉的肥皂和洗潔劑留在衣物纖維裡的味道。我的手忍不住微微顫抖，一個不留神，竟刺破了自己的指頭。

「噢！」我馬上把手縮回來，沒多久就看見指尖冒出一滴鮮血。「該死！」

「派瑞！」

「對不起，媽。都是這支笨別針害的——」

「你流血了嗎？」戈碧問。

「小心，別沾到你的衣服！」我媽連忙提醒。

我用嘴把指頭上的血吸乾淨。「沒事，別擔心。」

「一點點血而已，怕什麼，」戈碧說，「以後見血的機會可多了。」

我抬頭瞥了她一眼，以為她只是在開玩笑，但她的表情一如既往，看不出任何端倪——就連她的表情似乎也需要字幕幫忙我才能瞭解。安妮忍不住笑彎了腰，我媽見狀趕緊替我用ＯＫ繃貼住傷口。我和戈碧並肩走向外頭那輛積架，從頭到尾，站在一旁的老爸臉上始終掛著逗趣的神情，彷彿覺得，啊，人生這齣喜劇真是太有趣了。

還不到傍晚，空氣中卻已帶著些許涼意。我繞到副駕駛座替她開門，再繞回來坐進駕駛座，面對眼前的方向盤，竟突然對汽車這玩意兒有點恐懼。轉動鑰匙，引擎緩緩啟動，我爸站在門口，舉起一隻手默默向我行禮，但在我看來，他卻像是握著拳頭擺出勝利的姿勢。胸中怒火又被撩起，我輕踩油門，聽著引擎的怒吼，慢慢才好過些，我就知道這招會有效。緩緩駛出車道，微涼的夜晚，還有驚喜等著我們。

4

聊聊你和其他人有過最發人深省的一段對話。（密西根大學）

開往學校的路上，車裡一片沈默。我打開收音機，轉了一輪，竟然沒有哪一台的音樂還可以聽，只好把廣播給關了。

「你覺得我讓你很難堪對吧。」戈碧說。

我轉頭看她，那坨巨大無比的包包癱在她大腿上，活像隻睡著的大狗。「不，我不這麼覺得，」我說，「一點也沒有。」

「不要不好意思承認。我從你的眼神看得出來。」

「真的沒有。」

她兩眼發直，盯著正前方。「我下星期就要飛回家了。」

「對啊。」我不敢問她在這兒過得開不開心。「呃，妳一定很期待和家人團聚吧。」

她沒有反應。車內溫度頓時驟降一、兩度，空氣也似乎越來越濃稠，彷彿有人把一截水管偷偷伸進後車窗裡，灌進大量足以致人於死的一氧化碳。我立刻練習憋氣，以防萬一。

「我只是想告訴你，」她說，「很感謝你為我做的一切。謝謝你。」

「沒什麼。」腦中霎時閃過一個念頭，我還來不及思考便已經脫口而出：「我可以問妳一個問題嗎？」

她轉過頭，一副很有耐心的樣子。

「妳為什麼這麼想和我一起參加畢業舞會？我是說……我是不介意啦，不過——」

「你擺明了很介意，派瑞。」

「什麼？」

「你根本不想帶我來這個舞會。我很清楚。你難道以為我看不出來嗎？」

「老實說，今晚我的樂團在紐約有場表演，」我說，「對我來說這很重要。」

「就算表演一點也不重要，」戈碧接著說，「你也不會想帶我來參加舞會，對不對？」

「對，嗯，不對。我只是很訝異罷了。沒別的意思，我只是覺得，妳不像是會對這種東西有興趣的人。」

她沒回答。我把車開進學校停車場，她只是默默地直視正前方，雙手緊緊抱住包包的提把。就在要下車前，她忽然又轉頭面向我。

「你不太瞭解我，派瑞。」

「沒錯，我也這麼覺得。」

「或許今晚結束前，你就會瞭解了。」

我呆望著她。這句話到底是什麼意思？我發現，自從她要我膽子大點別怕血之後，電影

《魔女嘉莉》裡的西西・史派克就一直在我腦中盤桓不去。她在那部電影裡飾演一位不受歡迎的高中女生，在畢業舞會上穿著浸過豬血的自製禮服，用她與生俱來的超能力把體育館給毀了。打從八歲在電視上看到這部電影之後，我就一直很怕看到血，尤其是我自己的血。大部分的畢業舞會應該不至於演變到那種地步才對，但如果剛好被我遇上了該怎麼辦？

戈碧竟哈哈大笑起來，這還真是破天荒頭一遭，想必是我臉上寫滿焦慮的緣故。鏡片後面那雙眼睛閃耀著燦亮耀眼的綠色光芒，頓時讓她的臉看起來像是變了個人似的，先前那張沈悶呆滯、毫無表情的面具彷彿被甩開了，露出底下那個活生生的女孩，此刻的她散發著濃濃女性特質，無拘無束，毫不做作，充滿活力。我忽然驚覺，有些東西我可能長久以來一直沒發現。

「你車子開得很穩嘛，派瑞。」

「對啊，開車還滿好玩的。」

停好車之後，我先下車繞到副駕駛座前，她看我伸出手，才慢慢從真皮內裝的車裡下來。笨重的衣物在她身上窸窣作響，然而她整個人卻似乎比先前更加輕盈，邁著優雅的腳步，微風似的和我並肩往入口走去。震天價響的音樂夾雜著人聲遠遠傳來。過去十二年來，我和裡頭那票孩子一起上學，如今我們個個打扮得光鮮亮麗，假裝自己已經成年——這又何必呢，以後就算不願意，也由不得我們啊。

應該不會出什麼亂子才對，我暗道。

我替她推開門，一起步入會場。

5

沙特說：「他人即地獄」，芭芭拉・史翠珊卻高唱：「需要他人的人，是世上最幸運的人。」請問你認同哪一位的說法？（安默斯特學院）

我不知道我當時期待的是怎樣的景象，但當我踏進體育館的那一刻，我就明白，到這兒來絕對是個天大的錯誤。

那次畢業舞會的主題是什麼，我已不復記憶，但印象中和「星空下的社會達爾文主義」大概有點關係。炫目的燈光和閃閃發亮的金屬彩飾，把整座體育館幻化成一鍋沸騰的熱湯，令人莫名亢奮。裡頭沒有半個人說話，至少一開始的時候沒有，不過，當戈碧跨進門口的那一瞬間，幾十道目光倏地朝她射來，一看見她那身裝扮，不分男女，全露出難以置信的莞爾表情，邪惡笑容中全是等著看好戲的幸災樂禍。她一腳踏進鎂光燈下，額頭上還畫著一個大大的箭靶，隱形斗篷徹底破功。此情此景，不禁令我想起南美洲的養牛人，他們會把最瘦弱的牛推進上游的河裡，引誘一大群食人魚來把牠啃得屍骨無存，以確保其他牛隻安全渡河。是否真有這回事，我不知道，也不是那麼在乎，但若用這個模式來說明高中校園的人際互動的話，還真是貼切得有點殘酷。

舞台上，一個名不見經傳的樂團正在謀殺電台司令的一首歌，儘管如此，刺耳的樂音依然蓋不過在我們四周此起彼落的竊竊私語。

「要來杯調酒嗎？」我問。

「好啊，麻煩你。」

我來到體育館另一側的桌子旁。小周和他女朋友就在那附近，從他不以為然的表情看來，似乎打從一開始就認定我撐不過今晚。我沒理會他，順手抓起兩杯用細長塑膠香檳杯裝的調酒，立刻往回走。遠處，戈碧一個人站在舞池邊緣，四周十英尺內空無一人，我走上前，把酒遞給她。

「謝謝你。」

「不客氣。」我一口把酒乾了，找個地方放好杯子，費了好些工夫才沒讓自己的手每隔幾秒鐘就順一順頭髮。戈碧默默看著樂團表演。打死我也猜不到她心裡在想些什麼，然而，比起腋下夾著書走在上泰爾高中走廊裡的那個她，或者是坐在我家餐桌前的那個她，不知為何，眼前的這個她竟顯得更實在，如魚得水，充滿活力。

喝完酒之後，她轉過頭，望著我的雙眼。

「你要跳舞嗎？」

「我其實沒——」

她抓過我的手，十指緊扣，態度之堅決，大大出乎我意料之外。「和我跳舞吧，派瑞。」

我壓根沒概念這舞要怎麼跳，結果卻還不賴，我們淹沒在舞池中一大片翩翩起舞的人群裡，小心翼翼隔著六英寸的空氣，牢牢摟著對方。不過就是跳支舞嘛，沒啥了不起的。緩慢迴旋。眼神沒有接觸。戈碧硬邦邦的上衣在我手裡沙沙作響，完全不輸用飯店窗簾做成的盔甲，跳完三首歌之後，我瞄了一下手錶，沒想到竟然已經八點多了。

我還來不及開口，一邊肩膀突然像是被整輛卡車的磚頭撞到一樣，整個人斜著往戈碧衝去。她以迅雷不及掩耳的速度閃開，眼看我就要撞上地板，身後竟爆出一陣冷笑。

「喂，史都麥爾，帶個掃垃圾的來畢業舞會，很有一套嘛。」

我立刻轉身，發現狄恩‧維特克手插口袋，齜牙咧嘴地站在後面。他整個人瘦得和竹竿有得拚，滿頭鬈髮，一張生來就是小丑料的橡膠臉，身上那件燕尾服不用想都知道是去Armani訂做的，薛普‧夢露的腦袋貼在他右肩上，活像是隻醜死人不償命的真人大小腹語娃娃。我搞不懂像他們這種人為什麼會跑來念公立高中。他們兩個的腦子有嚴重的問題，家裡的錢也多到淹死人，如果把他們瞧個仔細，你會覺得這場畢業舞會不過是那些超級有錢人某種變態的訕笑，他們甚至還專程從瑞士飛回來，只為了擺闊給其他人瞧。維特克和夢露帶來的女孩根本不是上泰爾高中的學生，想必是他們爸媽朋友的女兒，同樣來自財大勢大的家庭，要啥有啥，彷彿白花花的鈔票會自己從外太空源源不絕地送過來一樣。他們看起來好像快無聊死了。

「滾開。」唉，連我自己聽了也覺得實在很弱。

「滾開？」維特克那張嘴咧得更開了，露出底下兩排完美無瑕的牙齒。「我為什麼要滾？等一下場面會變得很可怕嗎？還是你準備要海扁我？」他往前跨了一步，雙手依然插在口袋裡。「給我聽清楚了，你這個窩囊廢，要我聽你的可以，但是有一個條件：今天晚上，你和你的舞伴準備爽一下的時候，讓我在一旁全程錄影。」他的眼神往戈碧飄去。「我倒想看看，在那堆密密麻麻的體毛底下，你找不找得到一個如假包換的女生。」

「夠了，」我二話不說，掄起拳頭朝他揮去。六年級以後，我就沒再打過架，維特克想必大老遠就看見了我的拳頭，從容不迫的閃開，隨即欺上前來，一記右拳像顆硬邦邦的高爾夫球，結結實實擊中我的側脅。我整個人被打翻在一旁，第一件想到的事就是數數看有沒有少根肋骨。疼痛如無邊浪潮陣陣捲來，遠方某處，薛普・夢露咿咿喔喔笑得和個腦殘沒兩樣。

「史都麥爾，你這個王八蛋，吃了熊心豹子膽是嗎？」維特克朝我的耳朵吐了口口水，一隻手把我的臉碾成了肉餅。「你的眼睛真的是糊到蜆仔肉了嗎？竟然敢帶那坨歐洲垃圾來搞爛我的畢業舞會。」

「你要是敢再叫她——」

他把我雙手一扭，硬把我往後推，接連幾拳重擊把我打得眼冒金星，以為自己醒來時，人會躺在救護車上。四周的人瞪大了眼，我再次環顧周遭，卻發現維特克、夢露還有那兩個門當戶對但神情空洞的女伴早已不見蹤影。

戈碧站在原來的位置，把這一切都看在眼裡。她朝我回望了一眼，表情一如往常絲毫無法解讀。

「嘿，」我說，「妳想離開這裡嗎？」

她點點頭。「你最好去把車開來。」接著她朝化妝室的方向瞥了一眼。「我需要去補個妝。」

她或許只是想稍微平復一下情緒，這一點我可以理解。說不定，她根本是想偷偷開溜。都已經鬧成這樣了，我實在不能怪她。

哈，說不定等一下幸運之神會眷顧我，讓這些狗屁倒灶的事就此結束。

十分鐘後，她坐上我的車，一句話也沒說。

「戈碧，」我邊開車邊說，「很抱歉碰上這種事。」

「你真的應該學學怎麼打架才對。」

我立刻轉頭。「妳說什麼？」

「你出拳之前先洩了底。算那傢伙狗運好，不然鼻子鐵定會被你打斷。」

「還真看不出妳是拳擊高手耶，」我說，「有空指點幾招吧。」

戈碧聽了只是聳聳肩。「如果你想的話。」

「我猜，他那些難聽的話，妳都聽見了。」

「哼，」她皺了皺鼻子。「這種subinlaizys說的話，我直接當他在放屁。」

「那是什麼意思？」

「就是你們說的……」她左思右想，試著想找出最貼切的說法。「狗最常做什麼？」

「追貓嗎？」

「不是。」她搖了搖頭。「舔牠們自己的睪丸。」

「難不成，妳說他是個……舔自己睪丸的傢伙嗎？」

「怎樣，」她一副沒啥大不了的樣子，「我罵得太難聽了嗎？」

「不是，」我答道，「我只是不曉得，原來妳也會說這種話。」

「你是在開玩笑嗎？我的母語裡罵人的話可多嘍。」

「還有哪些？」

「嗯，你可以罵他……Gaidzio pautai——這是雞睪丸的意思。」

「雞睪丸？」

「不過，如果是我的話，」她說，「我會直接捏碎他的氣管，讓他再也沒辦法侮辱女人。」

「妳會這樣修理他是吧？」

「對，而且這還只是前菜而已。」

「妳知道嗎？妳還真讓我刮目相看耶。」

「我不是跟你說了嗎，今晚結束之前，你會更瞭解我。」

「真怪了，」我自顧自的說，「算一算妳都來這兒九個月了，為什麼忽然像是變了個人似的？」

她沒回答。過了一秒鐘之後，我看了儀表板上的時間。已經快八點半了。我知道我得送她回家，不過，經過這些事之後，我可不認為我能把車開到家門前，直接開口要她下車。

「嗯，既然都已經出門了，妳想不想去什麼地方逛逛？」

「我想進城去。」

「妳說什麼？」

她指著前方的標誌：紐約市——四十八英里。

「妳想去紐約？」

「我在美國的時間只剩幾天了。你應該不介意帶我到處走走吧？」

「我們上星期才去過耶，妳忘了嗎？」

「我指的不是和你的家人一起去看百老匯的那種走走。我是要和你在曼哈頓一起度過美好的夜晚。你知道這當中的差別嗎？」

「妳是說真的嗎？」

「我像是在開玩笑嗎？」

我不自覺地點起了頭。這樣說不定對我更有利，如果今晚戈碧真的想進城的話，我就絕對有時間到蒙提酒吧表演，這樣一來，就連我爸也不能說什麼了。「好啊，」我對她說，「如果妳真的想去的話，也好。」此時，我們已經回到家附近了，旁邊就是社區的小廣場，我打了方向燈，準備朝左線切。「可是我得先回家換輛車——」

「不行，」她忽然一手抓住方向盤說：「就開這輛。」

「拜託，妳到底在搞什麼鬼啊？」

「這輛積架——性能很好對吧？可以開很快對吧？」

「是啊，」我答道，「是很快，不過——」

「那就開這輛吧。」

「不行。」

「你不是說開車很好玩嗎？」

「開去畢業舞會是很好玩。但開進紐約市可就一點也不好玩了。」

她咂了咂嘴，兩眼直瞪著我。「Sliundra。」

「什麼意思？」

「是……你們是怎麼說的……？」戈碧緩緩點了點頭，一次，兩次，三次。「娘們嗎？」

「娘們？妳說我是個娘們？」

她又點了點頭。

「好，戈碧，那我解釋給妳聽好了。這是一輛價值八萬美金的名車，我爸愛它甚至比愛他兩個孩子還多——打死我都不會把它開進曼哈頓，想都別想。」

「不論你爸說什麼，你永遠都會照做嗎？」

「如果和這輛車有關的話，沒錯。」

她臉上再次浮現我們剛抵達舞會現場時那種笑容，不同的是，這次更加挑釁，不是在鬧著玩。「他是怎麼和你說話的，我都看見了。你的一生幾乎被他掐得死死的。」她聲音一沈，學起我爸震耳欲聾的聲調，像得我雞皮疙瘩掉滿地。「派瑞，你得更認真才行。現在這樣不行喔。這種成績是永遠進不了哥倫比亞大學的。像你這樣要怎麼出人頭地呢？」

體內一股熱氣漫過嘴唇、臉頰，直衝腦門。「才不是這樣呢。」

「他要你往東，你就往東。這輩子你始終害怕讓他失望。人生不是這樣過的好嗎？」

「聽著，」我開始反駁，「抱歉讓妳操心了，不過，妳應該沒那麼瞭解我吧。或許妳在我家住過一陣子，可是還不瞭解我們之間真正的關係如何。」

「證明給我看啊。」

「什麼？」

「你聽見啦。你究竟在害怕什麼？」

「那不是重點。我是不會答應的。瞭解嗎？」

她無奈地嘆了口氣。「你爸說，你可以開這輛車，對吧？」

「沒錯，不過——」

「他可沒限制你只能在這附近開啊。」

我看著插在鑰匙孔上的車鑰匙，腦中浮現他在辦公室裡把它交給我時的情景。他還是和以前一樣，一邊說要給我自由，一邊卻又緊掐著我。我踩下油門，V-12引擎渾厚有力的低鳴震得我五臟六腑好不暢快。

「就帶妳去晃晃吧。」

戈碧又點了點頭，彷彿這一切完全如她所預料。她把手伸進那個巨大無比的手提包，從裡頭掏出一台黑莓機。先前我看過她用嗎？鍵盤上的指頭動得飛快，不知在輸入些什麼，沒多久她把手機湊到我眼前。

「我想去這個地方。」

我瞧了一眼。「40/40俱樂部，不會吧？妳是認真的嗎？」

「你熟嗎？」

「嗯，可以算啦，那地方是饒舌天王傑斯開的，可是——」

「很好，」說完便把黑莓機收了起來，「那就出發吧。」

「為什麼選這裡？」

她只是聳聳肩。「在雜誌上看到的。想過去晃晃。」

「我猜他們大概不會讓我們入場才對。」

「你為什麼永遠只看得到事情的黑暗面呢？」

「碰上一些完全不可能的事情時，我通常就是這個反應，」我說，「除此之外，我可是個標準的陽光男孩喔。」

她聽了竟捧腹大笑。

「笑什麼？」

「你真的太搞笑了。」

「很高興妳這麼認為。我可能會越晚越搞笑喔。」

「我可一點也不這麼認為，」她說。

我把車打到低檔，專心開車。要點小壞的感覺真不賴，而且我已經慢慢開始習慣了。

「好啦，我們往40/40出發嘍，」我說，「只是碰巧在雜誌上看到，就讓妳想去晃晃嗎？」

戈碧沒有回應。我轉頭，發現她整個腦袋斜倒在窗戶上，完全看不見她的表情。

「戈碧？」

還是沒反應。我伸手搭上她的肩膀，輕輕捏了一下，看她沒反應，便又加強力道捏了幾下。一聲哀嚎似的咕噥從她喉嚨深處傳來，只見她緩緩動了動肩膀，挺起身子，兩眼呆滯地對我眨了眨，渾然不知自己身在何處，隨後才慢慢回過神來。

「喔，」她哼了聲。

「妳還好嗎？」

她點點頭。

「妳又發作了嗎？」

沒有回應。

「嗯……或許我該送妳回去才對。」

「不。」她說得斬釘截鐵、鏗鏘有力。「已經沒事了。」

「妳確定嗎？有時候妳……」

「我沒事，派瑞。」她對著擋風玻璃的方向點了點頭，「你只管開車就對了。」

6

身為一名學生及世界公民，旅行經驗對你有什麼樣的影響？試論述之。（佛羅里達大學）

四十五分鐘後，我們來到了熨斗區，往第二十五街的方向看去，俱樂部就在那棟巍峨的二樓建築物裡，大樓外頭停滿了一長排Expedition休旅車，紅色天鵝絨繩內排著一群群等著入場的人。我在幾本雜誌上看過這個地方，但近距離親身見識，這還是頭一次。

「我們鐵定連門都進不去。」

「不要老想著——」

「——事情的黑暗面，好，我知道。」

戈碧抓起包包，打開門，轉眼已經閃到了車外。「裡頭見。」

「萬一——」

話還沒說完，她人已經不見了。我坐在車裡，呆望著擋風玻璃外紐約市中心五光十色的燈火，好幾輛被擋住去路的計程車不耐煩的對我狂按喇叭。不知何時，一位泊車小弟鬼一樣無聲無息地出現在車窗旁。

「先生，有我可以效勞的地方嗎？」

「麻煩幫我停到安全的地方去，」接過停車票之後，一下車，我才猶如大夢初醒，發現自己身上穿的是一套租來參加畢業舞會的燕尾服。四周似乎沒人發現，唯一的例外是門口那位保鏢，他不懷好意的對我使了個眼色，揮揮手要我過去。他大概是想告訴我，穿著租來燕尾服的小鬼是不應該出現在這種俱樂部外頭的吧。我假裝沒注意到他，瞪大了眼睛尋找戈碧的蹤影，不知什麼時候才能離開這裡。

「嘿！」那位保鏢一聲大喊，死命地對我揮手，逼得我不得不注意。霎時間，我成了四周目光的焦點，簡直是窘到爆了。我紅著張臉，做好了被罵到臭頭的準備，慢慢朝他走去。他把天鵝絨繩拉開讓我進去，默默說了聲：「她在裡頭。」

「你說什麼？」

「我指的是你的女伴。」

「喔。謝了。」

「喂，」他一手忽然搭上我肩頭，「有證件嗎？」

「有，我……」我掏出皮夾，拿出駕照交給他。檢查過我的生日之後，他在我的手背上蓋了一個戳印，上頭刻著三個醒目的血紅大字：未成年。

「不准喝酒，也不准坐在吧台邊。」

「沒問題。」

說完，我便大搖大擺地晃進了俱樂部。

聲音、味道、光線、音樂，裡頭一切的一切都和外面的世界截然不同。一群看來飽經世故、自詡為世界公民的成年人把吧台前擠得水泄不通，自成一個小世界。我繼續往前，好幾台六十吋巨型電漿電視掛在牆上，默默強力地放送著ESPN的畫面。再往前，幾張白色鞦韆椅從天而降，蛋黃色的內裡，猛一看，活似一顆顆煮熟的巨蛋掛在空中，上頭坐著我打出娘胎至今沒見過的美女，一邊晃著誘人的美腿，一邊啜引著手裡的香檳。許多人在精美的大理石地板和樓梯附近徘徊，包括一些身材高大的男人，穿西裝戴墨鏡，有點NBA籃球選手的味道，還有一大票正點到爆表的單身女人和嬉皮。站了一會兒之後，我在遠處一張桌旁發現了戈碧，立刻朝她走去，完全無法理解她究竟為什麼要來這種地方。

「妳是怎麼把我們弄進來的？」

「坐下。」她把一支高腳杯朝我推過來，幾乎連看都沒看我一眼。「我替你點了杯百事可樂。」

「謝了。」

「我馬上回來。」

「戈碧，等一下——」

她再次丟下我，一個人往化妝室去了。我擺出品嘗拿破崙干邑白蘭地的神情啜引手中的可樂。我不知道她是怎麼把我們弄進來的，也不知道接下來我們要幹嘛，不過，先前那種感官抽離的感覺再次出現，眼前的一切既真實又虛幻。已經九點半多，快十點了，如果我掏出一張十美金大鈔付過這杯可樂，趕快抽身的話，應該還有機會趕得上音響測試。前提是——途中不能再讓我碰上任何蠢事。

戈碧好像在化妝室裡待了好幾百年那麼久。我掏出手機，看了看時間。門口旁，三個看來像是從華爾街來的窩囊廢一直在打量我，好像是想叫我把桌子讓給他們。我朝女化妝室瞥了一眼，發現有位苗條小姐筆直地朝我走來，只見她一身黑色小洋裝配上包覆式的酷殺墨鏡，雙臂輕擺，搖曳生姿，綳緊的裙襬底下，兩片翹臀一左一右，節拍器一樣地敲在我心坎上，連她面前的空氣都似乎被她鮮紅欲滴的唇蜜給劈開了。她把包包砰的一聲放在我飲料旁。

「我改變主意了，」她說，「咱們走吧。」

我簡直傻了眼。「妳是戈碧嗎？」

「去叫他們把車開過來。」

我還沒辦法逼自己把眼睛從她身上移開，整顆腦袋也因為眼前這一幕而幾近癱瘓。這人不是戈碧，可又真的是她沒錯。剛才迷濛的神情、馬鈴薯泥般慘不忍睹的皮膚、油膩分岔的髮尾，頓時消失無蹤。取而代之的是專注、利落和滑順。她把頭髮放了下來，一波波巧克力般叫人食指大動的飄逸秀髮輕輕晃在俏麗的臉龐和肩頭上。原來，那坨四十二磅重的東歐羊毛衫之下，竟藏著這麼一副前凸後翹、玲瓏有致的姣好身材，如今活生生擺在我面前。甚至連她在呼吸的時候，我幾乎都能聽見衣服縫線被綳斷的聲音。她胸前依然掛著那條半心形項鍊，這是她和剛才走進化妝室那個女孩唯一相似的地方。

「妳怎麼了？」

她摘下墨鏡，兩道翠玉如碧的眼神好似過氧化物，看得我渾身不自在。「你的眼睛在吃我豆腐對不對？」

「對不起，被妳猜對了。」

「飲料錢我會處理。你到外面和我碰頭。」她一手拎起包包，向俱樂部前面望了一眼，幾個一看就知道是從其他地方到曼哈頓來的人，梳著油頭，和一些身上沒幾塊布的辣妹喝得正開心。「不要把車停在窗戶前面。」

我馬上起身離開，卻又忍不住回頭，看她往另一個方向走去，邊走邊看，險些沒把桌子給撞翻。一到外頭，我立刻把停車票交給泊車小弟。他都已經把車開過來了，戈碧卻連個影子都沒看見。我只好坐進駕駛座，盡可能往俱樂部的大門開。我決定掏出手機打電話給某個人，這個人肯定會感激我把這個好康跟他說，而且一定不會覺得我是在唬爛。

電話鈴聲響了三次。

「唷，派瑞嗎？」畢業舞會的音樂清清楚楚地從另一頭傳來。

「小周。」

「怎麼啦，你這隻小狗？剛才也未免太猛了吧，維特克和——」

「小周，你聽我說。我現在人在紐約市裡。」

「什麼，你說什麼？紐約樹嗎？酷喔。」

「拜託，你認真聽我說好不好。我們在40/40俱樂部——」

「素食／速食？」小周一口十八歲韓裔小子的調調，一聽就知道，平常花了太多時間在聽Young Money唱片公司的音樂和打魔獸世界上面。「唷，那裡啊，我有聽過喔。你真是太屌了，派瑞。你簡直比屌還屌。你真的——」

「小周，閉上你的鳥嘴，好好聽我說行嗎？」我說。「我現在和戈碧在俱樂部這裡。剛才她從化妝室出來的時候，靠，簡直變了個人一樣，差點被她辣爆了。」

「慢點，」小周剛才還在學嘻哈歌手的腔調，這一聽立刻恢復正常。「我們兩個說的是同一個人嗎？就是把他們電得慘兮兮的那個女交換學生嗎？」

「等等，」我簡直不敢相信，「你說什麼？」

「你沒聽說嗎？就是維特克和夢露那兩個傢伙啊？我原本要打電話跟你講的。維特克揍了你之後，她回來替你報了一箭之仇。兩個人都被她打成重傷，後來還是坐救護車走的，超猛的啦，老兄。坐救護車離開畢業舞會喔。你現在人在哪裡？」

「我在……」我欲言又止。我記得，那時她說她要回去補妝，要我趁這個空檔去把車開過來——

俱樂部面向馬路的窗戶忽然炸裂，碎玻璃撒滿一地。不知什麼破空飛來，我定睛一看，發現竟是個身穿灰色西裝梳油頭的人。他就這麼重重摔在積架的引擎蓋上，鮮血淋漓的臉緊黏著擋風玻璃，離我鼻尖不到十英寸。那張臉兩眼圓睜，沒有一絲生命跡象，看上去全不像人，反倒像一坨上了肉色的蠟融在玻璃上。

我嚇得整個人往後彈，沒命似的尖叫，激動得連手裡的手機都掉了，一心只想趕快爬出去，戈碧神不知鬼不覺地忽然出現在副駕駛座上，一把把我給拖了回來。

「我不是叫你不要停在窗戶前面嗎？」她說。

7

這一生中，你一定碰過某些危機或至關重要的時刻，逼著你非得跳脫思考的慣性才能解決。請詳細描述前後的過程，並告訴我們這件事對你思考歷程有何改變。（拉馬坡學院）

沒錯，我還在鬼吼鬼叫。

「車上有死人！喔，天啊。怎麼會搞成這樣？我爸的車上有死人耶！」

漆黑之中，有人在我肩上狠狠掐了一把，把我從驚惶失措中給喚醒。戈碧捏在我胳肢窩上面一點的地方，我轉過頭去，發現她摘下了墨鏡，眼神之肅殺，好像巴不得把我給鑽透似的。

「把車打到倒車檔，派瑞。這樣屍體就會從車上滾下去了。」

我的眼神飄向她兩膝間的那個大包包，如今，它竟成了十五分鐘前的戈碧唯一的遺物。包包的袋口開著，一堆衣服上頭，除了那台黑莓機之外，還放著一把槍。

「是妳幹的？是妳殺了那個人嗎？」

「趕快倒車，派瑞。」她的聲音之平靜，完全像個沒事人一樣。「再不然警察就要來了。」

我還沒放棄，掙扎著想打開車門逃出車外，沒曾想戈碧居然一腳跨過排檔桿踩下油門，還順手打進了倒車檔。車子猛地往後暴衝，震得我舌頭差點沒被門牙咬斷，那人的屍體也從引擎蓋上滾落，完全消失在視線之外。她猛打方向盤，唰一聲，車尾硬是從兩輛在等泊車小弟的加長型悍馬車和凌志跑車之間的縫隙鑽了出去。

「好，」她語氣依然淡定，「快開。」

我像落入網中的魚，奮力掙扎，腦袋搖得像根撥浪鼓。「放我出去！車子送妳！快讓我下車！」門把在哪？活到這麼大，這輛車的駕駛座我只坐過三、四次，而且還是鼓起勇氣溜進車庫偷偷坐的。我的手還在大海撈針到處亂摸，忽然覺得有個又熱又硬的東西抵著我右邊的太陽穴。彈藥和炙熱金屬的味道近在鼻前。

「你曾經幫我準備過衛柏里先生那門經濟課的PowerPoint，記得嗎？」戈碧對我說。「那時候你的腦袋很清楚，派瑞。怎麼現在成了糨糊呢？」她用一種輕柔中帶著說教的古怪口吻對我說，彷彿是在向一個白癡解釋一件再簡單不過的事。「我不能開車。你又不是不知道。」

「這裡是紐約市耶！誰會需要開車啊？」

她輕按著我的手。「我需要你。」

我左右張望了一下。一大群人聚集在俱樂部碎裂的窗戶前，直瞪著那具幾秒鐘前還在我引擎蓋上、此刻卻已癱在大馬路的屍體瞧。有些人回頭朝我們這個方向望。我感覺得到，那把槍就如同我沒有勇氣承認的輕生念頭，飄浮在我眼角餘光之外。「妳到底是誰？妳只是一個交換學生耶！而且還在念高中！」

「我已經二十四歲了。」

「什麼？」

「開車。」太陽穴上的槍管抵得更用力了。「這是我最後一次說這句話。」

我換檔開車上路，全身上下每一條肌肉都以不同的振動頻率在顫抖。戈碧湊過身來，按下雨刷鈕，擋風玻璃上，那人的血三兩下成了一抹嚇死人不償命的雙層彩虹。她噴了噴雨刷精，又刷了幾下。擋風玻璃乾淨了些。往前看，絲絲血痕後閃耀著百老匯燦爛的燈火。從照後鏡往後看，40/40前的人群一秒比一秒多，還有警笛的聲音從遠處幽幽傳來。

「我真不敢相信。這絕對不是真的。」

「你可以開快一點。」

「已經很快啦！」

「你現在的時速只有五英里。」

前面的路口快要亮紅燈了。「可不可以，麻煩妳……把槍放下來好嗎？」

「這樣嗎？」她把槍往下移到我肋骨上。「這樣你會比較舒服嗎？」

「妳殺了他。妳眼睛眨都沒眨一下就殺了他。我快吐了。」

她沒回應。

「他是誰？」

「不知道。」

「啥？」

「繼續開。往右線切。我們得到市中心去。」她一手拿槍抵著我，另一手從皮包裡掏出黑莓機，東按西按。「右轉走百老匯大道。」

行人和計程車把路口擠得水泄不通，還有兩輛紐約市警局的巡邏車就停在紅綠燈下。不遠的俱樂部還在視線之內，四周圍觀的人甚至比剛才更多了，幾個警察正試圖穿過擁擠的人群追上來。「完蛋了。這下子我們百分之一萬死定了。」

「先離開這裡，等一下我再慢慢跟你解釋。」

「現在是紅燈耶！」

「衝過去。」

「不行！一定會撞到人的！」

我終究還是闖了過去。紅藍警示燈隨即在身後亮起。我想都沒想，狠狠踩下煞車。霎時間，我感覺不到自己的心跳，腰部以下彷彿人間蒸發，剛才湧現的勇氣不知跑哪去了。警車上走下兩名警察，一左一右，往我們的積架走來。坐在我右手邊的戈碧從包包裡拿出一條手帕蓋在手槍上，順勢往前用力一頂，差點沒把我的肋骨給頂斷。

「如果你說了什麼不該說的話，我會先斃了你。」

警察在窗戶旁彎下腰，怒目圓睜地瞪著我。

「下車，」警察說。

8

請利用真實事件的細節，將你生命中至關重要的一刻改寫成全然不同的虛幻版本。（歐柏林學院）

有那麼一秒鐘，我完全沒有反應。肌肉鎖在肌腱上，韌帶緊咬著骨頭不放。不是我不想動，而是這個身體根本不聽使喚，彷彿它以為只要文風不動，眼前的這一切就可以當作沒發生過。警車紅藍相間的警示燈如同充滿致命電流的潮水不斷上漲，一波接一波，前仆後繼往我車子裡灌。

「你沒聽見是不是？」警察說。「快下車。」

「我……」戈碧的槍口毫不留情地往我骨盆鑽。「我沒辦法下車。」

他不懷好意地瞪著我，眼神中的漠然深不見底。如果可以的話，他一定寧願抓條毒蟲來壓在人行道上毒打一頓，或是把某個有戀童癖的傢伙從安全梯上摔下樓去，可惜這個週末夜晚還沒開始走運，先拿我這個小咖暖暖身，勉強還算沒污了他的格調。

「我的腿動不了，」我說，「沒辦法下車。」

「你是殘障嗎，不會吧？」他立刻抽出手電筒，往我腳上一照，發現我一腳放在離合器上，另一腳則騰空懸在油門上方。「你覺得這樣很有趣嗎？我哥在伊拉克的法路雅被炸爛了一條腿耶——你覺得這樣很有趣嗎？」

「沒有，當然沒有。我很抱歉。」

他扯了一下我脖子上的領結。「你們今晚是從哪裡來的？」

「我們剛才去參加畢業舞會。」坐在我身旁的戈碧替我回答。

「畢業舞會？」他的語氣還是沒變。「行照駕照拿出來，動作快。」

我掏出皮夾，把駕照交給他，然後伸手到副駕駛座前的雜物箱找行照。

「等等。」手電筒的光停在擋風玻璃上。「那是血嗎？」

「那個啊？嗯，對啊，」我回答得有點含糊，「我撞到了一頭鹿。」

「你撞到了一頭鹿是吧。」

「對啊……」

「在哪撞的？麥迪遜廣場花園嗎？」

「在康乃狄克高速公路，」我說，「牠忽然衝到我車子前面。」

他一臉噁心的表情命令我：「馬上下車。」

接下來發生的事，前後很可能只有短短一、兩秒，但在我的記憶中卻如永恆漫長。警察把手伸進窗戶，如果我不乖乖下車的話，他可能打算直接把我拖下車。不過，在那之前，戈碧會先一槍斃了我。我在40/40裡只吸了一口可樂，沒想到竟會因為一顆擊中肺部的子彈，而死在第二十五街和百老匯大道路口的人行道上。我的墓碑上將會留下這樣的字句：派瑞・史都麥爾：一生貞潔。

然後——

爆炸的震波從身後撲來，警察被震耳欲聾的爆炸聲嚇得連忙彎身找掩護。我往兩側的照後鏡看，發現後面竄起熊熊烈焰，漫天煙塵水平噴出，40/40的外牆頓時如孔雀開屏般轟然倒在人行道上。圍觀的人群抱頭鼠竄，紛紛湧進馬路，經過的駕駛得猛踩煞車才能勉強閃過。我抬起頭，才發現那位警察一邊朝警車跑去，一邊對著他的同伴大喊著些什麼。百老匯大道上，汽車警報器此起彼落，驚魂未定之際，慢慢有些聲音從那堆斷垣殘壁附近傳來。

「靠，是怎麼了？」我大叫。

戈碧扯扯我的手。「綠燈了。快走。」

我猛打方向盤，疾速轉進百老匯大道，往鬧區直奔而去，但在車陣中來回穿梭的我根本不知道自己在幹嘛。我不斷回望，直到俱樂部消失在我的視線之外。

「那裡發生了什麼事？」

「塑膠炸彈。我放在俱樂部外面的走廊上。」

「什麼？這也是妳幹的好事？」

「沒人受傷。只是調虎離山之計而已。」

「調虎離山？那東西可是炸彈耶！」

「只是小炸彈罷了。」

「只是——」我又闖了一個紅燈，嚇得左右幾輛鮮黃計程車猛按喇叭急踩煞車，要是再差個幾公分，我的後保險桿鐵定會被撞得稀巴爛。「我真不敢相信。」

「小心車子。」她又開始按那台黑莓機。「我們要去砲台公園旁的西大街。沿著百老匯大道繼續開。應該只要十分鐘。」

接二連三的驚嚇，到現在才慢慢開始起作用，彷彿一陣巨浪當頭撲來，把我打得眼冒金星、呆若木雞。為了SAT考試念書是很累沒錯，但跟剛才這些事比起來根本是在度假。我的腦袋痛得快炸了，但我咬緊牙根，硬是不讓它得逞。

戈碧瞥了我一眼。「你是不是有點不爽？」

「不爽？我是不是有點不爽？」哪怕是再沒哏的漫畫家，這時候也知道要在我耳朵旁邊畫上幾道氣沖沖的煙。「早知道就不要帶妳來什麼狗屁畢業舞會了！」

「派瑞，你聽我說。明天早上我就要回國了。」

「我還以為是下星期——」

「是明天早上。回國之前，我在紐約還有四個約。只要你載我去赴約，保證天下太平。」

「四個約。就是還有四個人要殺的意思吧？」

「麻煩你小心開車。」

我搖了搖頭。「妳知道嗎，現在我終於瞭解妳的數學為什麼那麼爛了。我聽說過的每一個交換學生數學都很好。妳的數學之所以很爛，是因為妳其實是個職業殺手。」

「紅燈。」

我急踩煞車，要是再慢個半秒，恐怕已經被第十四街上一輛往東開的巴士給攔腰撞斷了。戈碧依然低頭忙著打她的黑莓機。我從眼角餘光中瞥見她在捲Google地圖，還有一些數位訊息和照片。

「所以說，妳和我們一起住的這段時間，其實只是一種掩護嘍？」我常在夜裡聽見她說立陶宛話，有時更看到她在電腦前一坐就是好幾個小時。「過去這九個月妳只是在蒐集情報對吧？」

「這可不是件簡單的事。」她說著舉起黑莓機，「我必須要做很多準備。」

「這些人是誰？妳為什麼要殺他們？」

「綠燈了。」

這時我的手機忽然響了，戈碧立刻低頭看了一眼。

「誰打來的？」

我拿起手機看了看號碼，忽然覺得烏雲罩頂，五內翻騰，腦子頓時一片空白。

「我爸。」我說。

9

請描述某一次灰心喪志的經驗，並且談談你是如何應對的。（聖母大學）

「我……我該怎麼辦？」

我們正準備進入聯合廣場，附近交通出乎意料的糟，我只知道一件事——我爸絕對不希望他的車或他的兒子到交通這麼亂的地方來，但主要是擔心他的愛車。

「走左線。」戈碧說。「沿著第十四街繞過公園，開過一個街區之後，再接回百老匯大道。」

「不是啦，我是指我爸啦。」

「不接的話會怎樣？」

「他很可能會奪命連環叩。」

「那就接吧。」

「我不能——」一個不小心，電話從我手裡滑了下去，戈碧順手一撈，輕描淡寫地在空中攔住手機，打開免持聽筒模式，舉到我耳邊，好讓我能雙手握著方向盤，切進左後方那輛計程車前方。「喂？」

「派瑞嗎？」

「是你嗎，爸？」

「有喇叭的聲音。你人在哪裡？」

「我們，呃……」我向戈碧投以一個慌亂的眼神。她只是搖搖頭，這個動作可能有上百個含義，但我的解讀是：**掰啊你，白癡**。「我們遇到了一些狀況，所以就先離開舞會了。」

「一些狀況？你到底在說什麼啊？」

「我們有點想到城裡走走。」

「什麼城？你現在在紐約嗎？」他的聲音越來越尖銳，態度也越來越強硬。「請容許我提醒你，你現在開的可是我那輛積架寶貝喔，派瑞。」

「爸，我知道……是這樣的——戈碧要我開車到紐約來晃晃，然後，嗯——」

「就算法蘭克・辛納屈死而復生，親手奉上邀請函，請你到卡內基音樂廳去聽他高歌一曲，我也不在乎。」我爸說，「你竟然沒有先徵詢你媽和我的意見，就擅自把我的車開進紐約市，到底在搞什麼鬼？」他的聲音透著微慍。「你給我拉長耳朵聽清楚。我要你盡快，而且盡可能安全地把車掉頭開回家，不要拖，就是現在，等回到家，我們再好好討論一下，你這麼魯莽的舉動該有什麼處罰。你瞭解我的意思嗎，派瑞？」

綠燈亮起，我左轉開上第十四街。我正打算回答，戈碧卻把手機拿到耳邊，保持在免持聽筒模式。

「喂？史都麥爾先生嗎？我是戈碧佳。」

「戈碧，請把電話交給派瑞，謝謝。這是我們的家務事。」

「史都麥爾先生，我想告訴你一些事。你兒子是個好孩子，拚死拚活一輩子，只希望你能以他為榮。」她指了指前方，第十四街在那裡重新接回百老匯大道，繼續開就能回到市中心。「我馬上就要回國了，所以才請他趁著今晚帶我進城逛逛。」

「戈碧，我無意冒犯妳，不過這件事和妳沒有絲毫關係。」我聽得出來，他的憤怒露了一點點餡，我的括約肌微微緊縮，這是我準備開始就範的前兆。「好了，我要妳立刻把電話交給我兒子。」

她還煞有介事地斟酌了一會兒。「不行。」

「不行？」

「你過去並沒有好好對待他，除非你先向他道歉才行。」

我爸先是沈默了幾秒，才接著說：「還有嗎？」

「史都麥爾先生，我在你家住了九個月，大大小小的事情全看在眼裡，也知道你是怎麼對待你兒子的。看得出來，你的一切都是為他著想，但是，他卻被你的期望給壓垮了，你給他的種種限制也讓他很挫敗。沒錯，家庭是很重要，不過，鐵石心腸的父母可是會對家庭造成很大的傷害。」

「我瞭解了，」我爸答道，「真看不出來妳是這方面的專家呀，戈碧。我家的事妳瞭如指掌是吧？」

「我很清楚，不把家庭放在第一順位的人，等於是讓自己的靈魂陷入危機。我一直在默默觀察。雖然，我不能因此就說自己對你家的事瞭如指掌，但至少我知道自己在說些什麼。」她動了動坐在椅子上的身體，我無意間瞥見了她的臉，電話中的她神情無比專注。「史都麥爾先生，我的家鄉有一句俗話是這麼說的：不忠的丈夫猶如從根毒害他的家庭。」

「不忠……」我爸只重複了頭兩個字。「等等，妳到底在鬼扯什麼呀？」

「我相信，你一定聽得懂我的意思。你應該不會希望我把你和瑪德琳・凱索之間的關係巨細靡遺的抖出來，你說是吧？」

電話兩端陷入漫長的沈默。

「妳說什麼？」我爸說，「妳剛才說的是瑪德琳・凱索嗎？」

「你又不是聾子。」

「妳給我聽清楚了。我不知道妳指的是什麼，也不知道妳自以為知道什麼──」

「我指的是發生在四月十六日的事，」戈碧臉不紅氣不喘，又接著往下說：「還有你在四月二十八日出差到聖地牙哥的那一次，還有五月三日你到芝加哥，和瑪德琳・凱索小姐在摩納哥酒店共度週末的事。你要我繼續說下去嗎？」

「妳是怎麼知道的？」

「史都麥爾先生，請容我提醒你，我現在是用免持聽筒模式在和你通話。」

有好長一段時間，我爸沒說半句話。當他再次開口時，聲音完全變了個人，全然不似任何一種我曾聽過的父親的口吻。他好像被人悶頭揍了一拳，有點喘不過氣來。「派瑞？」

「明天早上，派瑞會毫髮無傷的回到家裡，你這輛珍貴的車也是。在那之前，不准你打電話來，也不准用任何方式騷擾他，否則我可以跟你保證，下一個接到我電話的人會是史都麥爾太太。這樣你清楚了嗎？」

「等一下。」我爸聽來像顆洩了氣的皮球。「我想和我兒子說一下話，拜託。」

「你剛才說的每一句話，他都聽見了。」

「戈碧，求求妳——」

「不用說了，」戈碧掛斷電話，順手把手機還給我。

我們重新回到了百老匯大道，而我只是默默地往前開。

10

你寫了份長達三百頁的自傳。請將第二百一十七頁寄給我們。（賓州大學）

聯合廣場南邊的車流少了些。百老匯大道飛逝而過，隨處可見華麗的餐廳、徹夜燈火通明的商店、花店，還有人索性在人行道上架起攤桌，仿冒皮包、珠寶、盜版DVD應有盡有。我始終不發一語，雙眼直視正前方，過了許久，戈碧才轉過頭瞥了我一眼。

「很抱歉，竟然讓你在這種情況下知道這些事，派瑞。」

「他向我們保證過，那段關係已經結束了。」我說。

連我都覺得自己的聲音死氣沈沈的，像是在說夢話。我們穿過下東區朝金融區繼續前進，準備進入高聳入雲的水泥峽谷，大學校務基金還有勞工退休金的生死得失每天都在這裡上演。戈碧專注地望著前方，默然無語。

「瑪德琳那件事，」我說，「應該不是妳瞎掰的吧？」

她舉起黑莓機，輸入一些資料。「監聽你們家的電話是種安全防護措施，也是例行性的監視行動。為了完成任務，我必須確保我所在之處萬無一失，連你爸爸的私人電話也不例外。」

「妳沒回答我的問題，」我說。

但這個答案已經足夠了。

11

曾有人用「從容面對壓力」來形容所謂的勇氣。換作是你，你會如何形容？（俄亥俄州立大學）

我的體內猶如灌滿了滾燙的鉛液，令我灼痛不已。我的腦海裡重複播放著我爸在辦公室裡對我說的話：「男人要負的責任不是只有自己一個人而已……」我忍不住嘀咕起來：「放你的狗屁，你這個虛偽的傢伙。」我咬牙緊抓住方向盤，連指節也沒了血色，為的只是不想看到自己的手抖得多麼厲害。「她是他的私人助理——妳能相信嗎？第一次被我媽抓到的時候，他就保證過絕對不會再有第二次。」

戈碧埋頭在她的黑莓機裡，什麼也沒說。我沒再打擾她。我可以感覺到，往日回憶猶如巨浪捲起，準備一舉將我吞沒。時間回到兩年前的某個晚上，我剛從圖書館回到家，一進門，就在門廳踩到一片碎盤子。我爸奪門而出的時候，我媽一連朝他扔了三個盤子，門把上還被砸出了一個口子。

我媽坐在客廳沙發上，手裡握著一杯琴湯尼，呆瞪著無聲的《與星共舞》。

「她把他轟出家門，」我忍不住對戈碧說，「那天晚上，他自己在外面的旅館過夜，回來之後，就向我們保證，這絕對是最後一次了。」

她聳了聳肩。「男人都是豬。」

「也有例外好嗎。」

戈碧對著下個路口點了點頭說：「轉進巷子裡去，我們到了。」

她朝燈火通明的十二樓望了一眼，然後看著我，默默嘟囔了一聲：「來。」只見她靠過來，從包包裡拿出一副塑膠手銬，銬在我手腕上。

「等等，這是什麼鬼東西啊？」

接著又把手銬穿過方向盤，猛地一縮，差點沒剝下我一層皮。

「噢，妳弄得太緊了啦！」

「待在車上。」

「妳以為我能去哪？」

她伸手從包包裡掏出我先前看過的那把槍。

「戈碧，等等——」

她跳下車，潛入離珍珠街半個街區外的暗影中，彷彿一名如假包換的立陶宛忍者。我東扭西扯，試圖掙脫手腕上的手銬，沒想到竟弄巧成拙，手銬越束越緊。她的包包還留在座位上，我實在很好奇，裡頭除了護照之外，會不會還有更多武器，甚至是火箭筒？

我抬頭望向照後鏡，觀察巷子外頭大馬路的動靜。靈機一動，乾脆把雙手放在方向盤上，按了聲喇叭。時間是十點十五分。此時此刻，尺蠖正在A大道的蒙提酒吧裡進行音響測試。我又按了一聲喇叭。腦海中浮現出，我爸握著一杯威士忌蘇打，忐忑不安地在家裡來回踱步，他和助理之間的婚外情，竟會被一個交換學生戳破，他大概一輩子也料不到。我再次按下喇叭。我當童子軍的時候學過摩斯密碼，可惜不論怎麼努力，都想不起來任何操作手法，最後只好斷斷續續按了幾下，奢望有哪個人發覺情況不妙，而不是猜想哪輛車的警報器壞了，或是電影《四個畢業生》的插曲〈親愛的夏羅娜〉裡頭的鼓聲。尺蠖偶爾現場演出時也會彈這一首，但純粹只是作為挖苦用的。

巷子遠處出現一對車燈。

「感謝主。」我把喇叭按得更急促刺耳，扯開喉嚨，對著窗外大聲呼救。「救命啊！救救我！我在這裡！」

車燈轉進巷裡，朝我緩緩駛來，車頂的紅藍警示燈不停閃爍。巡邏車在我車後停下，車門緩緩打開。

朝我走來的那名女警官看來一派悠閒。

「有問題嗎，先生？」

我朝手腕上的塑膠手銬扭了扭頭。「我被綁在方向盤上了。」

「是啊，先生。這我看得出來。」

「把我綁在這裡的女人正在那棟辦公大樓裡。她帶著槍進去殺人。她是殺手，而且還是個立陶宛人。」最後這一句到底有什麼重要性，我自己也不知道，說不定這麼說能夠增加一些SAT當中所謂的「真實感」。

「殺手？」警官一聽，開始把我的話當一回事了。不過，在她眼前的畢竟是一名十七歲的青少年，身穿租來的燕尾服，而且還開著一輛絕對不屬於他的積架名車，這些也都令她頗感興趣。手電筒照到我右手上那個「未成年」的戳印，她深呼吸一口氣說：「你是在惡作劇嗎？」

「擋風玻璃上有血跡耶，」我說，「我看起來像是在惡搞嗎？」

她舉起手電筒，掃過窗上的血跡。就在這個時候，窗上忽然冒出一個彈孔，而且是個全新的彈孔；這是剛剛才留下的。

砰的槍響如同錯失良機的念頭，片刻後才趕上。警察立刻蹲在積架旁尋找掩護，二話不說從皮帶上抓下對講機，扯開喉嚨喊出一串代號和只有警察才聽得懂的術語。第二顆子彈破空而來，打在她身旁的水泥地上，嚇得她整個人從地上彈跳起來，在冰雹般打在地上的槍林彈雨中，沒命地朝巡邏車狂奔。幾秒鐘之後，戈碧朝我的車飛奔而來，一屁股跳上副駕駛座，手裡還握著一把槍。她氣喘如牛，一側的臉頰上濺滿血跡，轉頭瞪著一旁的巡邏車。

「妳又大開殺戒了對不對？」我直接嗆她。「妳又殺了另外一個人！」

「你在搞什麼鬼？」她甩都不甩我，發動引擎，命令道：「開車。」

我踩下油門，車子立刻往背後的巷子裡猛衝，擦撞過一輛垃圾車，還把一堆箱子給撞翻了。我的雙手依然被銬在方向盤上，還來不及開口，戈碧竟舉起手槍，用槍托狠狠在我後腦杓上敲了一記。

「噢！靠！真該死！」

「我只不過是要你乖乖的等著！除了等，不准做其他事！就這麼簡單！」

「我又沒——」

我看到她又把槍舉起來，馬上閉嘴，縮在一邊。她看了一下，好不容易才把槍放下。

「你跟白癡一樣冒這種險，很可能會害無辜的人喪命耶！你到底在想什麼啊？」

「妳剛才真的打算幹掉那個警察嗎？」

她回頭張望。警車從巷子遠處追了上來，紅藍相間的光灑滿水窪和磚牆。「如果有必要的話。」她搖搖頭，怒看我的眼神中交雜著惱火和不悅。「我終於瞭解，為什麼你一直交不到女朋友了，派瑞。」

「什麼？我交過女朋友啊！怎麼會扯到這裡來？」

「你根本不懂怎麼傾聽女人說話。」她指著一旁的路口，「從這邊出去，然後右轉。」

我急打方向盤，整輛車吱的一聲猶如神龍擺尾，撞飛了路旁的報架。我暗自向上帝祈禱，千萬別讓她整個人趴到窗戶外，對著後面的警車開槍。萬萬沒料到竟然一念成讖，幾秒鐘之後，她還真的趴到窗戶外面，開始對著後面的警車掃射。

「我有超多女朋友的，」我對著她大喊。我剛才忽然想到，如果家裡的電話早已被戈碧竊聽的話，我在手機裡講了什麼，很有可能也早就被她聽光光了。諾里三不五時就會拿我的處男之身開玩笑，不是大刺刺的叫我「哈囉，處男先生」，就是用一些像是「沒開苞的」之類欲蓋彌彰的俚語來閒扯。高一那一年，有一次我們正在比較溫蒂和非得嗑兩家漢堡店的優劣，他不知哪根筋有毛病，一時興起，用瑪丹娜〈宛如處女〉的曲子，換上自己即興作的詞，二話不說開始取笑我：

派瑞還是童子身
從沒上過半個娘們
他是處—處—處—處男
永不可能——轉大人

戈碧轉過頭，一開口，便讓僅存的奢望頓時煙消雲散：

「可是你還是處男啊。」

「什麼？不是！不，我才不是呢。」

她把槍伸到窗外繼續開火。「你在電話上說的我都有聽到喔。」

「妳也未免太不尊重我的隱私了吧！而且，那只是個笑話罷了，只是個蠢到極點的綽號而已。」

「所以說，你的綽號叫處男嘍？」

「沒錯，很諷刺吧，不是也有些壯漢叫作小可愛嗎？」

「這麼說來，你有很多女朋友嘍？」

「沒錯，很多，多到連我自己都數不清。」我在心底暗自鞭打自己，急著想知道我們身在何處。附近看起來像是珍珠街，但我覺得，位置應該更北一點，在翠貝卡附近才對，真的是這樣嗎？開著開著，視野忽然寬闊了起來，九一一紀念公園迎面而立，世貿遺址就在眼前，假如後面的警察沒有成為戈碧的槍下亡魂的話，等一下應該就會追上來要我們停車，此情此景還真是搭呀。

然而，後頭的警示燈卻不見蹤影。

「甩掉他們了，」我說，「真的甩掉他們了嗎？應該是吧。」

戈碧肅殺地望著車旁的照後鏡。「我們被人盯上了。」

「什麼？我沒看見啊。」

「這次不是警察。有一輛黑色悍馬車，離我們六個街區。」

「妳能夠看到那麼遠喔？」我伸長脖子往後望，只發現來往車輛的車燈，沒發現什麼異樣。「他們是誰？」

戈碧忙著在查她的黑莓機，沒空理我。她神情凝重，臉上浮現著我從未見過的憂容。一定發生了什麼事，但她不打算告訴我。眼看前方的紅燈就要亮起。

「衝過去。」

「我不認為——」

「快。」

我猛踩油門。說時遲哪時快，後頭車陣中，一輛剛才我一直沒發現的悍馬車，忽然閃進右側車道狂殺而來，甚至差點衝過我們。我們的車正開到十字路口，竟被疾駛而來的悍馬車所帶來的強烈氣流衝開了幾公分，後頭好幾輛計程車狂按喇叭，連踩煞車，險些撞成一團。殺氣騰騰的悍馬車從後方步步逼近，彷彿一頭飢餓猛獸，一口咬斷了一輛計程車的右保險桿，居然還不死心，活像是從地獄回來復仇的機械怪獸。後擋風玻璃砰一聲被散彈槍轟成碎片，嚇得我連血都差點衝出血管。我想，如果我沒尖叫，那就太奇怪了。

「他們在射我們！他們在射我們！」

「左轉，」戈碧依舊鎮定，「沿著巷子往前開。對了，手抓穩。」說著，她一手甩開剃刀，一刀劃斷腕上的塑膠手銬，讓我頓時如釋重負。「繼續開。」

我猛打方向盤，同時試圖回頭張望。「悍馬車上的是什麼人？」

她還是沒回答。我關掉大燈，以時速四十英里的速度，在一條空蕩蕩的巷子裡摸黑前行，心裡不停地向上帝祈禱，前面千萬別再殺出個程咬金才好。巷子的盡頭是某條熱鬧街道的燈火，看來我沒機會在車陣中停下來喘口氣了。我只能希望，當我把車開到那裡的時候，不會有人從兩旁衝出來追殺。

我把積架如魚雷般靜靜駛出小巷，想想左轉比較麻煩，於是便向右轉。我們來到了A大道，放眼望去，似乎沒發現悍馬車的影子。我整個人已經被弄得暈頭轉向了，不知道這個方向是要進鬧區還是要出城。我的腦袋裡彷彿燉了一大鍋腎上腺素濃湯，中央還煨著一坨腦內啡，連太陽穴都快被煮爛了。胸口還隱隱作痛，我想了一下才恍然大悟，原來剛才那二十秒我一直沒有呼吸。

「我們真的甩掉他們了嗎？」

「暫時甩掉了。」

我把車開到人行道旁，狠狠踩下煞車，坐在座位上的戈碧彈了出去，槍從滾落的包包中滑了出來。

這是扭轉乾坤的關鍵時刻，未來的一切如何發展，都將取決於這一秒。我毫不猶豫地搶過槍，雙手緊握，將槍口對準她的眉心。戈碧看我竟然能以這麼迅雷不及掩耳的速度扭轉情勢，驚訝的表情中，似乎帶著幾分贊許。

「不錯嘛，派瑞。你真的有在認真學喔。」

「閉嘴。」槍在我手裡抖個不停，但我沒有因此而分心。「滾出我的車。」

她沒有任何動作。「你指的是你爸的車吧？」

「隨妳怎麼說。我不知道妳為什麼挑上我，但是我已經受不了了，明白嗎？我已經受夠了。我才十八歲。高中只剩一個月就要畢業了，而且還在哥倫比亞大學的候補名單上……這——不論妳要我做什麼——這都不在我人生的規劃裡。」

「所以你打算開槍殺了我嗎？」

「沒錯，如果有必要的話。」

「好吧。」

「什麼？」

「趕快扣下扳機殺了我啊。槍在你手裡。而且已經上了膛。」她好整以暇的等著。「你最好先扳開保險，就是槍身旁邊的那個開關。不過，我賭你不敢開槍。因為你是個沒種的傢伙。」

「妳覺得我不敢嗎？」

「我知道你不敢。」

「是嗎，那妳就錯了。」

我扳開保險，槍口始終瞄準著她。忽然間，我聽見了整個城市的聲音，高速公路上車輛熙來攘往、地鐵在人行道底下轟隆來去，好幾百萬的人同時在說話、開車、過他們自己的生活。我聞到咖啡、香菸、香水和潮濕的樹木，甚至能在空氣中嘗到這種種味道。一切的一切，那麼活生生地展現在我眼前，頓時有種難以承受之重，彷彿心肺難以負荷，在胸中激烈地共鳴著，亟欲穿透腦殼投入它們的懷抱。

有那麼一剎那，我和戈碧四目相接，發現她臉上帶著淺淺微笑，似乎正陶醉其中。

她忽然對我說：「等一下。」

12

在過去的一兩年當中，你自己獨力完成了什麼和學業無關的事？（西北大學）

「派瑞，在你開槍殺死我之前，還有一件事要問你。」

「喔？要問什麼？」

「你曾經去過歐洲嗎？」

「什麼跟什麼啊？」

「你曾經到其他國家旅行過嗎？」

「這和我殺不殺妳有什麼關係？」我瞪大了眼睛看她。

「回答我就是了。」

「沒有，我……我去過加拿大，就這樣。」

「你該考慮出去走走，花些時間看看這個世界。而且要趁年輕，這樣效果最好。」

「好啊，」我說，「那我準備開槍嘍。」

「等等，」她又打斷我的話，「還有一件事。」

「妳搞屁啊？」

「我在你家地下室裡埋了六十五磅的銨油炸藥。」

「什麼？」

「如果你殺了我，害我沒辦法準時回報的話，我的聯絡人會從遠端遙控雷管引爆炸藥，讓你的家人死在瓦礫堆中。」

「這太瘋狂了吧！如果炸藥不小心被引爆怎麼辦？」

「我的名字戈碧佳，指的其實就是立陶宛神話中的火神噶碧佳。」她說，「我們國家的人相信，噶碧佳生氣的時候會跑出來四處放火。」

「妳真的是個無可救藥的瘋子耶。妳怎麼有辦法保證炸藥不會自己引燃？」

「炸藥是我的專長之一。」

「噢，對對對，那還用說，」我氣得火冒三丈，「紅顏禍火。」我原以為這麼說會讓我好過些，沒想到效果卻恰恰相反，下腹部附近像是捱了一記重拳，差點沒吐。

「如果你不打算殺我的話，可以把槍還我了嗎？」

我猶豫了半秒鐘，真的只有半秒鐘，她的手閃電一樣晃過眼前，輕輕一扭，原本緊握手中的槍竟不翼而飛，而我只能望著空空如也的掌心發愣。「剛才如果妳真想這麼做，槍早就不見了。」

「我想讓你瞭解輕舉妄動的風險。」

「那些炸藥埋在地下室多久了？」我問。

「大概八個月左右，」戈碧看我一副又驚又恐的模樣，接著補了一句：「我必須未雨綢繆，以免事情有任何閃失。」她伸手放在我前臂上，應該是想安撫我。「別擔心。回國那天早上我會把它拆掉的。」

「那還要看我們有沒有辦法活那麼久，」我不禁感到沮喪。靜謐的A大道猶如擾攘車流中的一座孤島。「妳知道嗎，我甚至無法想像妳是怎麼通過交換學生篩選的。難道他們沒有詳細調查妳的身家背景嗎？」

「我色誘了招生主任。」

「真是太讚了。」

「她似乎也這麼覺得。」

「她？」

戈碧靠過來，在我大腿上輕輕掐了一把。「心癢了對吧？」

「才沒有咧。」

「你必須學會適應，派瑞。記得要見招拆招，別傻傻的老想逆流而上。」

「剛才妳掃射警察的時候，我只差沒淹死在逆流裡。」

她把槍收進包包，往窗外望了幾眼，試著找出確切的位置。我不禁有種感覺，她彷彿是這紐約夜晚的一部分，哪怕是微弱的電流波動、細微的聲響，甚至玻璃和不鏽鋼上的倒影，全都瞭如指掌。「我們需要暫時消失一陣子，」她說，「市中心這一帶太危險。聖母馬利亞已經知道我們來了。」

「聖母馬利亞是誰？」

「派黑色悍馬車來追殺我們的人。」

我只能無奈搖頭。「我早該逮住機會一槍斃了妳。」

「那些炸彈怎麼辦？」

「我可以打電話回家叫他們趕快逃出來，再叫炸彈小組去拆啊。」

「拜託，」她又在我大腿上掐了一把，彷彿恨鐵不成鋼，下手比剛才重了些，「炸藥被我包在活性碳濾心裡，那些狗嗅一輩子也嗅不到。而且，別忘了，你還得先打電話給你爸。現在你對他是什麼感覺，我想你比誰都清楚。」

她話語中的輕鬆寫意驟然消失無蹤。車輛疾駛的聲音從遠方傳來。我轉過頭，一對刺眼的車燈劃破黑暗，侵蝕著眼前的寧靜。敵人從半個街區以外的地方急速朝我們逼近，雖然還沒看見，但想也知道是那輛悍馬車。

「他們來了。」

「我們該怎麼辦？」

「把鑰匙收好。」戈碧手一揮，打開車門，把我往十字路口的人群推。我們在暗影中逃命似地往前衝。轉彎之前，我回頭望了一眼，看見悍馬車在我爸的車旁緊急煞車，跳下兩個人影，一左一右包圍住如今空空如也的積架。

我跑得氣喘噓噓，巴不得停下來喘幾口大氣。

「我們要去哪？」我拚了老命才擠出這幾個字。

「友善一點的地方，」她這麼回答，「別停下來。」

「算了。」我停下腳步。「老子不要再跟妳窮攪和了。」

「那我就把你家炸了喲。」她往前飛奔的腳步未曾稍歇，「你信不信？」

信啊，我心想。

「不信。」

「那就再見嘍。」

只過了一秒鐘，我又追了上去。

沿著A大道狂奔了六個街區之後，我才終於明白她要帶我往哪去。

「等等，」我喊住她，「我們要去這裡嗎？」

戈碧推開蒙提酒吧的門，二話不說，先把我推了進去，害我以為裡面有人埋伏。好不容易站穩之後，我試著搞清楚四周的狀況，不過，在這種地方不管是誰都會昏頭轉向。

如果你找人來問，有些人會說蒙提酒吧只是一堆無可救藥的廢墟，但也有些人會告訴你，一九八〇年前後，東村附近有好些名流青史的搖滾樂俱樂部，時至今日，只剩下蒙提孑然挺立。酒吧老闆史文曾是一條毒蟲，後來戒毒成功，我們沒人親眼見過他，有可能是個只存在於傳說中的人物，也因為他，這地方才有了一絲屬於那個年代的氛圍。去年秋天，諾里和我第一次來這裡彩排的時候，開了一張兩千五百美金的支票給史文的一位連襟，後來替尺蠖安排演出和兌現支票的人可能就是他，這裡的遊戲規則就是這樣：你先把某天晚上的場地包下來，之後就只能期待有人願意付錢上門。我們都把龐克樂老牌作家雷格斯‧麥可尼爾寫的《請殺了我》從頭到尾仔細讀過，那時的人是這樣被人佔便宜的，一想到我們也有同樣的機遇，心中的激動可不是筆墨能夠形容的。

進門後，牆上釘著一張尺蠖的海報，戈碧指了指，我馬上就認出是上週末諾里和我印好後，拿來城裡四處張貼的那一份。

「你的樂團今晚在這裡有表演耶，」她說，「局勢還沒恢復平靜之前，這是個很好的掩護。」

「等等，」我覺得不大對勁，「妳要用我的表演來避風頭嗎？」

「怎麼啦，派瑞？難道你覺得我是在剝削你嗎？」

「我覺得，還是以前那個古怪又沈默的交換學生比較可愛。」

「哦，我也覺得，你閉上鳥嘴瞪著我胸部的時候比較討喜耶，」她馬上反嗆，「可惜不是每件事情都能盡如人意。」

「我從來……我絕對沒——」

「今晚你在這裡有表演，天底下的人都知道這件事。所以，你就乖乖上台去唱你的歌，順便替我們爭取些時間。」她聳了聳肩接著說：「雖然這不是最好的掩護，但目前也只能湊合了。」

我還打算繼續跟她爭辯，但她手一揮，讓我連開口的機會都沒有，彷彿這事不需要再浪費任何口水，對我這種低能兒尤其無謂。

一名保鏢站在我左手邊，朝我眨了眨眼，漠漠然說了聲：「五塊錢。」他穿著連帽外套，捲尾猴般皺著張臉，看上去活像是童話裡跑出來的小矮人。

「我是來表演的，」我說，「我叫派瑞・史都麥爾。」

「名單上沒有你的名字。」

「因為我是來表演的。」

「名單上沒有你的名字。」

我再也受不了了，馬上打開皮夾，掏出一張十美金鈔票遞給他。這是我最後一張十元美鈔了。

「身分證？」

我把手舉起來，露出40/40替我蓋的那個「未成年」戳印。

「不准喝酒，」那小矮人說，「不准——」

「坐吧台，是，我都知道。」

他揮揮手讓我們入場，戈碧晃過去的時候，他還特地多看了幾眼。沒多久，我聽見麥克風傳來斷斷作響的靜電，諾里、迦勒和主唱沙夏正要上場。他們凝視著台下的觀眾，模仿其他搖滾樂手，費心地裝出不屑一顧的表情，心底其實怕得快要失控。他們想必還沒發現我。

「戈碧，」一個可怕的畫面忽然浮現腦海。「慢點。妳該不會在這裡大開殺戒吧？」

「除非有絕對的必要。」她朝著舞台上的三個人打量了一番。「和敵人交手的時候，你覺得他們會有人願意替你擋子彈嗎？」她的眼神在諾里身上徘徊。「後面那個，應該是鼓手吧——他塊頭夠大，萬一真的幹起來的話，會是個不錯的擋箭牌。」

「妳一定是在開玩笑對不對？別鬧了好不好？他是我最好的死黨耶。」今天是我的樂團在紐約的處女秀，我竟然有可能在這麼重要的場合被人槍殺，天底下還有比這更糟的事嗎？光想都快把我的腦袋給搞爆了。這時忽然有隻手搭上了我的肩。

戈碧自顧自地混進了人群中，我轉身一看眼前竟站著兩個成年人。

「媽？」我簡直不敢相信自己的眼睛。「爸？」

13

〔安迪・沃荷〕說：「未來，每個人都能成名十五分鐘。」請描述屬於你的那十五分鐘。（紐約大學）

我瞪著他們，轉眼才發覺，離剛才我打電話給我爸竟然已經過了四十五分鐘。

「我們猜應該可以在這裡找到你，」他邊說邊舉起一隻手，看似要拍拍我的背，又好像是要張弓拉臂賞我一記勾拳，但後來他卻默默把手放下，改用一種緊迫盯人的眼神逼視我，看得我皮癢癢的。我從沒看過他這樣，而且一點也不喜歡。「戈碧應該和你在一起吧？」

「她就在……附近，」我隨口應了一句。

我爸點了點頭，開始掃視現場的觀眾。他用他終結者般殺氣騰騰的眼神，在每一張臉上找尋蛛絲馬跡，想要逮到那個斗膽單槍匹馬摧毀他婚姻的女人。

「派瑞，」我媽開口了，「你怎麼可以這樣對我們？你怎麼可以背叛我們的信任？」

「我背叛你們的信任？」我回頭望向我爸。「媽──」

「晚安，紐約！」台上的沙夏一聲狂吼，把在場的每個人都嚇了一跳，飲料灑了不說，還壞了現場的氣氛。「紐約人，來搖滾一下吧！」

台下觀眾忽然一片鴉雀無聲，抬頭張望了一下，確認沙夏不會立刻對他們的生命構成威脅，然後又繼續喝他們的飲料，聊他們的天。

「我說，」沙夏還不死心，「紐約人，來搖滾一下吧！」

當初為什麼會挑中沙夏當尺蠖的主唱呢，現在回想起來，其實連我自己也不太清楚。就好的一面來看，他渾身勃發著動物般的野性能量，這對主唱而言是不可或缺的沒錯；但就不好的一面而言，他似乎沒搞清楚，以為現在是一九八五年，他老爸還跟他同一個年紀。

台下的紐約客依然故我，壓根沒人鳥他，沙夏看看不是辦法，決定發出最後通牒，宣告演出正式開始。他先是來了一個騰空迴旋踢，像個科曼奇戰士般嗚嗚狂嘯，接著操起一把史達托卡斯特電吉他。只有在他喝了龍舌蘭，懷裡抱著隱形吉他的時候，我才看過他彈這玩意兒。同一時間，他背後的諾里彈起了貝斯，通常擔任首席吉他的迦勒卻坐到了鼓的後面。

竟然直到這一刻我才發現，因為少了我，諾里重新分配了每個人演奏的樂器。我之所以會發現——這首歌其實是模仿克魯小丑合唱團的〈衝吧寶貝〉——是因為我們原本就打算這樣開場。

紐約客決定繼續把這三個人晾在台上，但神情比剛才多了分敵意。

地下室裡的塑膠炸藥忽然浮現腦海，我連忙轉頭，發現我媽眼眶泛紅，難過得快哭了。

「媽，安妮呢？」

「什麼？」

「安妮人在哪裡？」

「她在家呀。」

「在房子裡嗎？」

「當然啊，派瑞，一個人如果在家，通常不都是待在房子裡嗎？」

「趕快打電話叫她離開那棟房子，不然就太遲了！」

「這裡太吵了，你說什麼我聽不見！」

「我說──」

我爸忽然從眼前冒出來，把我媽完全擋住。他朝我逼近，好讓我能聽得清楚。「派瑞，我們得談談。」

「爸──」

「戈碧說的那些事，我想你也聽到了。我不清楚她是從哪聽來的流言，也不知道她以為自己有多清楚狀況，但我可以告訴你，我出差是為了公事。」

「爸，」我實在聽不下去了，「你到現在還要跟我唬爛嗎？沒關係，反正我也不在乎。」

我操──我連這也罵了嗎？我還在回想這兩個字到底有沒有不小心溜出我的嘴巴，我爸卻已一把抓住我的襯衫，把我搖得像支撥浪鼓似的。我知道他平常會去健身房，但畢竟也已經五十二歲了，更別提威士忌和培根是他的最愛，卻竟然還那麼有力。

「你給我聽清楚了，」他怒氣沖沖地說，「我可是你父親，這一次你實在是太超過了，你聽清楚了嗎？」

戈碧從他身後的人群中走了出來，停下腳步，朝我們的方向望。我看見她手裡拿著類似電擊槍的東西，指著我爸的脖子，我連忙搖頭要她別插手。

「沒有？」我爸誤解了我搖頭的意思。「好，那我就把話攤開來跟你說明白。只要你還住在我的屋簷底下，就得遵守我的規定。你已經不再只是個孩子了。你喜歡玩音樂，搞一些小玩意，這些全部到此為止。我要你把心思放在更迫切的事情上。」

我再次朝戈碧望去。她身後不知從哪冒出來一個穿皮夾克的傢伙。那人大概二十幾歲，臉上青筋暴露，我還以為是哪個金屬原料行學徒對筋脈血管有莫名的喜愛，一時嘔氣，才把他捏成這副德性。他的頭髮抹滿了髮膠，看起來硬邦邦的幾乎刀槍不入，和肯尼娃娃有幾分神似。就在同一秒鐘，我右側也憑空冒出了一個年紀相同的人。他和戈碧背後的那人一樣，眼神淡漠，如同幾近無色的瑪瑙。他身穿工作外套，肩膀寬闊厚實，看來像是在監獄裡蹲過，而且時間可能還不太短。他左眼下方掛著一滴眼淚，仔細一看，原來是刺青。這兩個人身上透著一種蠢味，我不禁懷疑，層層鐵氟龍和克維拉防彈纖維底下，很可能藏著幾把槍。

我頓時想起那輛黑色悍馬車。

「你到底有沒有在聽我說話啊？」我爸大為光火。「老子在教訓你耶！」

「爸，我們得離開這裡。」

我四處張望，沒看到戈碧的影子，卻看見了淚眼煞星。他臉上帶著旭日初升般的決心，邁開大步朝我走來，彷彿他這一生中所有惱人的困惑、大大小小還找不到答案的問題，甚至是信心危機，都因為可以狠狠修理我一頓而獲得了解答。他看都沒看，一手把我爸推得遠遠的，而我爸也真的毫無招架之力，馬上就被推開了。

淚眼煞星惡狠狠地盯著我的雙眼，我彷彿在他眼中看見自己死期不遠。那種場面一點也不豪壯，更稱不上有什麼特別的意義，甚至一點都不有趣，我只覺得血腥、痛苦、彆扭，渾身上下沒一個地方對勁。我轉頭望向舞台，剛才他們彈奏的音樂還勉強稱得上是七零八落、叫人頭皮發麻的噪音，沒想到竟還能每下愈況，弦撥得有氣無力，鈸點有一搭沒一搭，恐怕只有喝茫了的章魚在樂器行裡亂爬發出的聲音可以比擬。

淚眼煞星朝我撲來。

眼看沒地方躲，我只好竄上舞台。

我一上台，就把諾里嚇了一大跳，大呼：「靠！是派瑞耶！」尺蠖樂團立刻重組。我一手抓起貝斯，沙夏順手把吉他扔給迦勒，迦勒把鼓讓給諾里。諾里揮舞鼓棒，四拍前奏打得激昂無比，為我們的作品〈我的葬禮〉揭開序幕。我的腦子裡卡了太多東西，一開始還以為會彈不出來，但指頭好像一點也不在乎，連我自己也打從心底感到訝異。不論你家地下室有沒有炸彈，不論你爸長年以來是不是一直沒辦法讓自己的老二乖乖待在褲子裡不要到處撒野，也不論是不是有哪個黑水公司的前傭兵出於某種宗教狂熱打算擰斷你的脖子，很顯然的，如果你真的想搖滾一下，這一切都攔不住你。

靠，甚至還會推你一把咧。

如果有一隻狗，瘸著條腿，一跛一跛的走在你對面的馬路上，你八成會感到好奇，但心裡卻同時想著其他事情。一開始，台下觀眾看我們的眼神就讓我有這種感覺。但是，過了二十秒之後，大部分的人都停下來靜靜看我們表演，慢慢的還會跟著節奏點頭搖擺。曲子結束的那一刻，台下一片歡聲雷動。

「老大！」諾里叫我到鼓邊去。他全身上下汗流成河，Fugazi樂團灰色T恤的領口和腋下濕成一片黑，脊椎附近汗水淋漓，看上去彷彿被人捅了一把黑色匕首。臉上那副蠢笑讓他看來活像個六歲大的小毛頭。「你辦到了耶！有夠讚的啦！」

我沒有被他的讚美衝昏頭，慢慢往後退開，掃視台下的觀眾，驚見淚眼煞星就在我腳下的舞台邊，想用他惡毒的眼神取我的小命。只要我們繼續演奏，他就不敢動我一根汗毛。

「嘿，諾里，你看——」

「哇，天啊。」諾里一把抓住我的手臂。「你有沒有看見誰在台下？」

「誰，我爸嗎？」

「吉米．伊歐文啦。真的是吉——吉米．伊歐文本人耶，老大。」

「真的嗎？」

「對啊，老兄，你自己看。真的是他本尊耶。」他的手肘朝我的肋骨一頂，我彷彿被《龍與地下城》裡的人莫名地砸了一記大砍刀。「我跟你說——說過，Interscope唱片公司在追蹤我們的臉書。你——你——你以為我在唬——唬爛，現在他不是來了嗎？」諾里剛才笑得像是個在迪士尼樂園玩的六歲小毛頭，這下更誇張了，黑猩猩一樣咧著張蠢到極點的大嘴，不說還以為剛去廉價拉皮店做完臉。「機會來了。我們的機會真的來了。就是現在。」

「沒問題。」深呼吸，混蛋，我試圖鎮定。淚眼煞星緊抓著舞台邊，好像打算直接撲上來。

我還以為事情不可能變得更詭異了，但就在這個時候，我在人群中發現了一張熟悉的臉孔，一個瘦瘦高高、深棕色頭髮的冷峻女人站在房間後方。

凡樂希・史塔森竟然真的來看我的表演。

我看著諾里。「我爸的老闆來了。」

「什麼？」

「就是那個要替我寫推薦信給哥倫比亞大學的人。我都忘了我有邀她來看我們的表演。」我清清楚楚感覺到，我生活中兩個不同的世界，此刻在腦中正面衝撞。「這下子該怎麼辦？」

「你——你覺得該怎麼辦？」諾里還是那副傻笑。「拚——拚——拚命給他唱下去啊。」

「哪一首？」

「當然是〈托娃〉嘍。」

我一方面期待這個回答，另一方面又希望他別選這首。〈托娃〉這首歌我們已經練了兩個月。歌詞寫的是諾里十四歲那年，在猶太夏令營裡遇見的一個女孩，他對她一見鍾情，隔年她卻因為嗑了太多抗焦慮藥和龍舌蘭而香消玉殞。假如我們繼續把這首歌寫完的話，很可能會是我們寫過最棒的一首，但很可惜我們還沒寫完。

事到如今，沒寫完也沒關係。

我們使出渾身解數開始演奏，台下觀眾立刻被我們吸引過來，目光猶如時代廣場上的電視牆，頓時全亮了起來。彷彿剛才我們上的只是薑汁啤酒，直到現在才是純正的威士忌。酒吧旁那個可能是吉米・伊歐文的人放下電話，專心聽我們演唱。凡樂希・史塔森也不約而同轉過頭凝望我們。甚至連舞台邊的淚眼煞星都聽得如癡如醉。我們唱完第二段，來到副歌——

世界頓時一片漆黑。

14

桃樂斯・戴曾說：「有待完成的工作太多太多。沒有人有權利坐以待斃。」什麼是你們這個世代「有待完成的工作」？對於將引領未來的你們而言，這又有什麼衝擊？請以此撰寫一篇饒富創意、深思熟慮且能撼動人心的短文。（聖母大學）

風吹燭滅，舞台上的音響也隨著燈光退去。沒了麥克風的幫忙，黑暗中，沙夏的嘶吼就像孩子在鬼叫，諾里的鼓聲也逐漸停息。觀眾驚惶失措，「啊，怎麼了？」疑問此起彼落，像是在看《黑道家族》完結篇。

有人一把抓住我袖口，把我扯下台。貝斯脫手而出，我順勢伸出雙手準備著地，這時才覺得空氣實在很沒用，沒半點緩衝力，只能任憑下巴撞上地板，整張臉到下頷骨的地方完全麻痺。

「快起來，」戈碧在我耳邊低語。對一個文化上比較壓抑的東歐人來說，聽得出她已經很惱火了，我還在遲疑，她卻已經抓著我死勁地往門外拖。我從地上跌跌撞撞地爬起來，踉蹌著腳步穿過前門，重回夜幕之下。

「妳在幹嘛啦？」

「救你的命啊。」

「現在？」

「我們得離開這裡。」

「可是我們表演得正起勁耶！」我回頭朝俱樂部看了一眼。

「太多人在注意了，」她說。

「所以這樣才——」

「閉嘴。」她不知拿了什麼東西頂在我腰際上，我們三步併作兩步沿著A大道往公園走去。看見我爸那輛積架時，她似乎鬆了口氣。「上車。」

我打開駕駛座的門，擠了進去，身上還流著汗，頭也還暈暈的。「妳難道不能等我們把那首歌唱完嗎？吧台旁邊坐著一位音樂界最重要的大咖耶。」

「那有什麼關係，」戈碧埋首在她的黑莓機裡。

「對妳或許沒關係，但對我來說關係可大了。」

「我不是這個意思。」她轉頭看著我。「我剛才看見你爸在和你說話。他知道只要命令你不准繼續玩下去，你就會乖乖聽話，而你那些夢想就會像泡泡破了一樣，什麼也不剩。」

「我們演奏得很好。」

戈碧帶著淺淺的笑看著我。她老是挑最不恰當的時候對我笑。

「派瑞，你們不只是好而已，你們超讚的。」

「謝謝妳。」

「只可惜，你沒辦法挺起胸膛堅持你所愛的。」

「就像堅持要為了錢而殺人嗎？」

戈碧一聽整個人僵在位子上，立刻換上漠漠然、無動於衷的神色，聲音也不再帶有任何感情。

「往郊外開，」她冷冷的說，「十五分鐘之內應該會到。」

15

你是個有高尚情操的人嗎？你怎麼知道？（維吉尼亞大學）

我們沿著第五大道往前開，經過雪莉荷蘭酒店時，戈碧朝入口處比了比，這時已經快要十一點了。一位身穿鮮紅外套和金色條紋長褲的服務生朝我們的積架走來，才走了幾步就停了下來，對著稀巴爛的車身、破碎的後擋風玻璃，還有前擋風玻璃上的血跡不斷打量。他臉上原本堆著親切的笑容，結果垮成了☹，我幾乎聽得見他在心裡暗自嘀咕：「喔，不會吧！」

「還好嗎，先生？」

我點了點頭，目光始終看著戈碧。我的手機被她收進包包裡，但只要她一下車，我就會用盡一切辦法聯絡安妮，確認她離開那棟危險的房子之後，便來個溜之大吉。

「來吧。」她要我下車。「這次我要你跟著我。」

「謝了，我還是待在車上比較好。」

她手一伸，輕描淡寫地把我從車裡拉了出來。一個比我輕五十磅的女孩，怎麼有辦法在轉眼間就把我從車裡拖出來，而且動作還能夠那麼從容優雅，這實在是個謎。一旁的服務生倒是看得挺樂的，幾乎笑成了☺，就連戈碧抓著我的手臂把我甩進旅館大廳時，他也始終帶著燦爛的笑容看著我們。

「我該怎麼做？」

「閉上你的鳥嘴。做個萬人迷就行了。」

我們朝旅館裡的哈里・奇普里亞尼酒吧走去。映入眼簾的是間檸檬色調的房間，漆木牆環繞，頗有幾分俗豔。矮桌隨處可見，東一群，西一簇，彷彿長著毒蕈。空氣中帶著海鮮和豆子湯的味道。戈碧進入搜尋模式，仔細打量著酒吧裡的每一位客人，過了好一會兒，目光才停在一位老先生身上。這位老先生穿著一套價值不菲的灰色燕尾服，頭髮蓬鬆雪白，身旁圍繞著幾支空酒瓶和一疊骯髒的餐盤。兩隻紅通通的耳朵彷彿長滿鱗片，突在腦袋外面搶眼得很，我看他把鼻子探進紅酒杯裡，重複嗅了幾次，搖搖頭，低聲咕噥了幾句，活像個喜劇演員。兩位妙齡女郎在他左右傻笑不已，看上去當他孫女都綽綽有餘，但他應該不是她們的爺爺。

他抬頭望向戈碧，她也停下腳步凝視著他。

「嗨！」濃濃的斯拉夫腔，讓他的聲音聽來更顯低沈而疑惑。「有事嗎？我認識妳嗎？」

「很有可能，」戈碧說，「你是米羅斯・拉札洛瓦嗎？」

「妳是誰？」這時他是真的疑惑了。

「你這麼快就忘了啊？」戈碧露出笑容，連聲音也雀躍不已。「我和你的孫女丹妮拉一起在布拉格念大學。還曾經在你羅馬的城堡裡用過耶誕大餐呢。你該不會這麼快就忘了我吧？」

老先生煞有介事地凝視著她，接著搖了搖頭，喜出望外的表情中夾雜著幾分困惑。「請原諒我。我真的完完全全不記得妳的名字了。」

「塔提雅娜‧卡茲羅斯奇尼，」米羅斯在戈碧伸出的手上輕輕一吻。

「請坐。」他轉頭望向我，左右那兩隻花瓶忽然一聲不吭起身離去，就此消失蹤影。

「替我介紹一下這位幸運的男孩吧。」

戈碧微笑著說：「這位是派瑞。我的未婚夫。」

「呵，那還真不是普通的幸運啊，」米羅斯似乎很開心，指著忽然空出的椅子說：「你們兩位都坐過來。別拒絕。」

「真的不——」

「謝謝，你真客氣。」戈碧在我脊椎上戳了一下，用的不知是她的手肘、匕首還是槍管，我一屁股坐了下來，臉上還感覺得到老先生的目光。他有一對栗子般漂亮的棕色眼睛，眼神深邃，彷彿能把人一眼看穿，想必也曾失去過一些生命中寶貴的事物，但始終還沒真正走出那段滄桑過往。

「這裡的招牌是貝里尼氣泡酒，」米羅斯朝一位服務生豎起三隻指頭，目光卻始終凝視著我們。「不試試看就太可惜了。這間酒吧怎麼來的，你們一定都知道吧。」

「我不知道，」戈碧透著好奇的眼神說，「快告訴我。」

「哈里．奇普里亞尼可以說是威尼斯哈利酒吧的翻版，美國許多有頭有臉的人物都喜歡到這兒來。」米羅斯渾身散發著一種無拘無束的輕鬆愉悅，酒吧這一頭的每個角落也彷彿輕快了起來。「一九五〇年代初期，我在威尼斯窮愁潦倒，過得跟乞丐沒兩樣。」他嘴角漾起一絲懷舊的笑意。「當時，我剛結束一段感情，對方是一位有夫之婦，先生是威尼斯當地一位呼風喚雨的商人，他知道之後氣得火冒三丈。含蓄一點來說，我當時的下場不是太好。」說著說著，他呵呵笑了起來，深深沈浸在往日的記憶中，不可自拔。「總而言之，我走進哈利酒吧，想喝杯水，討點麵包屑果腹。當時我口袋裡只剩五百里拉——幸好還有個口袋沒破洞，才留了那麼點錢下來。我做好了心理準備，很可能會被老闆一腳踢出來。」他的眼神往上瞥了那麼一秒鐘，接著又回到我們身上。「我走進去，發現吧台邊一群人圍著一個美國人。那個人的身材像隻熊一樣魁梧，聲如洪鐘，滿臉鬍子，身邊有幾個記者和幾個拍馬屁的傢伙。我覺得他很面熟，卻想不起來究竟是誰。他看我一身破爛，杵在一旁等著酒保注意，就把才說到一半的話打斷，問了一句我是誰。我告訴他，我誰也不是，只是個時運不濟的年輕人罷了。那個大嗓門的美國人笑了，而且連眼神都在笑，頗有種相見恨晚的感覺。『這種好運一定是女人帶來的，』他說完，請我喝了一杯，而那就是我這輩子第一杯貝里尼氣泡酒。」

我看著他，想起去年的英文課上，我們讀過《流動的饗宴》。「那個人是海明威嗎？」我問。

「就是他本人，」米羅斯眼睛一亮。「他要我過去一起坐。那天下午，我們就一起喝酒聊女人。我和異性交往的經驗不多，他卻似乎非常感興趣。他告訴我，『年輕人的焦慮比老頭子的回憶有力太多了。』他還說，回憶到頭來只剩下騙局和謊言，絲毫無法取代生命，活生生的生命。」

米羅斯挺起身子，從五十年前的回憶中回過神來。他整個人看起來比實際年齡年輕三十歲，想必是有什麼秘方讓他青春永駐。

「該是喝點貝里尼的時候了。」

話才說完，一位白衣服務生立刻趨前，將三杯裝滿粉紅氣泡酒的香檳酒杯放在我們面前，酒杯被裡頭冰涼的酒凍得結了霧。戈碧把酒杯送到嘴邊，米羅斯也舉杯品嘗。我伸手舉起面前的那一杯，本想仰頭一口喝光，不知為何卻沒有真的那麼做。米羅斯點酒的時候，我手上「未成年」那三個字顯然沒有任何意義。

「說到活生生的生命……」他揮揮手，我抬起頭之後才發現，服務生早已把桌子搬開，在中央清出一大片空地出來。「兩位要跳支舞嗎？」

我也是到這時才發現，探戈舞曲已經從天花板上看不見的喇叭中流瀉而出，幾對男女發現中央多了塊空地，更是迫不及待準備翩翩前來。我還來不及拒絕，戈碧搶先一步抓住我的手，把我拖了起來，害我不得不連忙仰頭把冰涼的氣泡酒一口喝光。

「我不會跳舞耶，妳忘了嗎？」我壓低聲音說。

「跳探戈很簡單。就像做愛一樣，只不過是穿著衣服罷了。」說著她把我摟到面前。

「噢，抱歉。我忘了你連做愛也不會。」

「喂喂喂！」

「放輕鬆。跟著我跳就對了。」

米羅斯坐在桌邊看著我們，我瞥了他一眼。「這個歐洲老先生滿討人喜歡的呀。他什麼都沒幹。妳不可以殺他。」

「閉嘴。」

「他後來一定是因為唉得太大聲了，和海明威一起被人痛扁過一頓。」

「噓。」她的眼神緊緊鉗著我不放，誘人的胴體竟開始在我身上摩挲。血管裡，酒精逆流而上，一股暖意隨即在體內深處湧現，她渾圓的臀部也隨著飛揚的旋律在我腿上來回磨蹭。這是我第一次這麼靠近她，耳鬢廝磨之際，才發現有一道很不明顯的白色疤痕劃過她喉嚨。

「抱緊一點。」她伸手在我屁股上用力捏了一把。「懂不懂？」

「噢！」

「快點。抱緊一點，我又不會碎掉。」

我一把緊緊摟住她。「這樣如何？」

「嗯。還不賴。」她露出微微滿意的笑容，咬了咬嘴唇。「你真的有進步耶。」側身滑開之後，我瞥見米羅斯坐在桌子旁，手裡多了支手機，半閉著雙眼，面無表情地望著我們。一轉身，他又完全消失在戈碧身後。

「對第一次跳舞的人來說，你跳得滿不錯的，」她說，「如果有個合適的老師，你一定可以成為舞林高手。」

「會是妳嗎？」

「有可能。」她挑了挑眉，語帶挑逗地說：「除非，你有什麼東西想教我，如果是這樣的話，那你最好快一點喔。」另一抹微笑閃過。「不過，畢竟是你的第一次，我想也沒什麼好擔心的。」她整個人又貼了上來，隨著探戈的旋律，在我身上左右磨蹭，我依稀感覺得到，胯下有某個東西越來越堅挺了。「你的保險開了嗎？」

「我身上又沒帶槍，妳忘了嗎？」

「你確定？」說著她伸手一把抓住我。「喔，我懂了。」

「妳最好趕快……住手……」我整個人暈頭轉向，分不清東西南北，只想趕快脫離她的魔掌，這時她剛好也忽然鬆手，往後退了幾步。我從眼角餘光發現，椅子上的米羅斯站了起來。他一手插在外套口袋裡，邁開腳步，以一種上了年紀的人少見的驚人速度，一路朝戈碧走來。

「妳到底是誰？」

「戈碧佳‧札克索斯卡斯。」

他的臉忽然唰地一片慘白，整個人動也不動地愣在原地，我幾乎可以看見剛才那個名字震波般傳遍他的全身。

「這怎麼可能。她已經——」

戈碧雙手搭上他肩頭，將他的身體一轉，兩人跳起舞來。對四周圍觀的人來說，她只是換了個舞伴罷了。「海明威是個醜陋的美國人，」她低著嗓音說，「不過，有句話他倒是說對了，」她右手不知何時多了支槍，緊緊抵在他禮服腰帶上方，而且只有我這個角度看得到。「這種好運一定是女人帶來的。」

「求求妳，」老先生掙扎著吐出這幾個字，「我們有話好說。」

戈碧搖搖頭，帶著他在舞池裡繼續旋轉。「沒什麼好說的。」

「我可以解釋給妳聽。只要……告訴我是誰派妳來的。當初發生那種事我真的很遺憾。」

「遺憾？」

「我不知道花錢請妳來的人是誰——但我的條件一定比他好，我保證。」

「那你可以給我一磅你的肉嗎？」

「什麼？」老先生眨了眨眼，滿臉困惑。

「拿好。」戈碧左手甩開一支摺疊刀。「從你身上割一磅的肉下來。只要你有種這麼做，我就放你一條生路。」

老先生目不轉睛地看著眼前那把刀。接著他緩緩伸出顫抖的手，模糊的眼神四處張望，只希望能有個人把他帶離這場夢魘。「拜託，」他一臉懇求說，「小姐，我不知道妳是誰，但我求求妳，講點道理好嗎？」

「現在說這些都已經太遲了。」

「可是——」

戈碧朝他腹部中央一刀捅去，直至沒柄，旋即用力往上一抬。沒多久，鮮血從他口中汩汩而出，戈碧立刻伸手摀住他的嘴，將他的身體往後推，順勢抽出摺疊刀，再用桌巾裹住他的腰，利用自己的身體當掩護，慢慢將他放到地板上。整個過程前後只花了三秒鐘。

「誰叫你喝了那麼多氣泡酒，」她嘀咕了一聲，用桌巾把刀上的血跡擦乾淨，接著轉頭對我說：「去把車開來。」

16

請描述一個意想不到的情況，真假不拘，以及你會如何反應。篇幅請勿超過一頁。（布蘭迪斯大學）

「快午夜了，」她鑽進副駕駛座，「進度比預期的快。往郊外去。走東八十五街。」她忽然轉頭看了我一眼。「你在幹什麼？」

我自己也不是很確定。我只記得自己一路跌跌撞撞回到了馬路邊，連停車票都忘了交給服務生，便自己上了車，現在坐在駕駛座上，身體卻似乎不聽使喚。我的眼角膜上，深深烙印著老先生步向死亡的每一分、每一秒，眼前的第五大道和中央公園全然視而不見，而且從頭到腳動彈不得。

酒吧裡的騷動已經蔓延到了旅館大廳，情況一發不可收拾。

「走啊，派瑞！馬上離開！」

「鮮血從他嘴巴冒出來了，」我嚇傻了。

「啥？」

「妳把刀捅進去的時候，他吐血了。好像噴水池一樣。」

「因為我割斷了他的腹部主動脈。」她的口氣簡直像個解剖學講師，不帶任何一絲情緒。「現在我們可以離開了嗎？」說完她從包包裡掏出黑莓機，指頭忙碌得很。

我一手搶過她的手機。

17

你正面臨生死存亡的緊急狀況，如果可以打一通電話，你會打給誰？（格林奈爾學院）

突如其來的舉動果真奏效，我抓住機會連忙跳下車，衝進第五大道熙來攘往的車流裡，還差點被一輛加長型轎車碾成肉餅。我不停往前飛奔，朝公園的方向跑去。我沒有回頭，更沒有轉身，只是義無反顧地加足馬力，往戈碧找不到我的地方而去。

公園——我腦海浮現這個聲音，公園裡很安全。公園裡有樹林、石頭、水池，她在城市裡如魚得水，到了公園的自然環境可就不一樣了。黑莓機在我手裡，我本想邊跑邊打，但那幾乎是不可能的事，不過，如果我能找個地方，躲上一段時間的話，說不定可以打電話回家，順便報案。

我穿過草地，越過池塘，在黑暗中繼續挺進。我飛快超越一個在慢跑的人，幾隻鴨子被我嚇了一跳，咯咯咯地飛上了天。前方有一堆石頭，算一算也跑了不短的距離，應該可以停下來打電話了。我抓緊戈碧的手機，手腳並用爬了上去，儘管喘得上氣不接下氣，卻不敢發出太大聲響。

爬上頂端後，我回頭張望。

從這兒望去，公園裡似乎空無一人。

我深呼吸一口氣，肋骨四周隱隱作痛。我仔細聆聽透過成排樹林傳來的城市之音，有說話聲、喇叭聲，還有中央公園南段絢麗馬車答答的馬蹄聲。我吸進紐約，呼出派瑞•史都麥爾。周遭的世界混雜著藻類、正發芽的嫩葉、剛修剪過的草地的味道。經過一段時間的沈靜和氧氣供給後，腦海中浮現許許多多畫面和糾纏不清的念頭。老先生口冒鮮血緩緩倒在酒吧地板上……戈碧緊緊摟住我深情凝視……米羅斯第一次聽見她的名字時，驚惶失措，臉色頓時慘白的模樣。他說當時的事「很遺憾」是什麼意思？他為什麼會認識她？

我保持絕對的靜默，回望來時路，舉目所及只有成片樹林草地，以及在黑暗中閃動著微光的池塘。第五大道的車聲彷彿遠在另外一個世界之外。噗通噗通的心跳撞擊耳膜，是暗夜中最刺耳的聲響。猛一抬頭，我這才發現，從這裡可以看見我爸上班的那棟大樓矗立在遠處的第三大道上。樓頂角落辦公室的燈亮著，還有合夥人在熬夜趕工。

我按下手機上的按鈕，螢幕立刻亮起，微微照亮我的臉。我按下家裡的號碼，電話響了半天卻始終沒人接聽。

過了好久，終於聽見安妮的聲音：

「喂？」

「小乖，」我低聲回答。電視和音響的聲音從手機另一頭傳來。打從她十二歲起，不論走到哪裡，幾乎都聽得見嘻哈和節奏藍調的音樂。「是我。」

「派瑞?你在哪裡?爸和媽到城裡去找你了，而且爸超火——」

「安妮，仔細聽我說。妳現在必須立刻離開家裡。」

「啥?為什麼?」

「待在家裡不安全。妳趕快離開。到街上的艾斯班收容中心去，反正趕快離開家裡就對了。」

「派瑞，現在是半夜耶。我答應過媽，絕對不會跑出去。而且，除非是緊急情況，否則甚至連電話都不應該接的，可是我心想，如果我不先接起來，怎麼知道是不是緊急情況呢，你懂我的意思吧?」她嘴裡嚼著東西，不知道是爆米花還是玉米片，接著又咕嚕灌了一口汽水。我妹妹抱著一堆零食，不但還活得好好的，甚至還能吃玉米片，這種感覺真好。「不管啦，你現在在幹嘛?你聽起來有點喘。現在人還在紐約嗎?」

「安妮，聽我說。家裡的地下室有炸彈。」

「有什麼?」

「我們家的地下室裡有炸彈。」

「呵呵，真好笑。」

「我不是在跟妳開玩笑。是戈碧放的。」

「戈碧?家裡那個交換學生?」

「她其實是個國際殺手，根本不是什麼交換學生，無論如何，妳趕快離開家裡就對了，懂嗎?」

安妮有一陣子沒有說話，四周電視和音樂的聲音漸漸淡了。她不是把電視音響關了，就是到了另外一間房間，還關上了門。

「小乖？妳還在嗎？」

耳邊傳來她的呼吸聲。

「安妮？」

「派瑞，你保證不是在耍我？」她說。「如果你想用這種方式耍我的話，那就真的太賤了。」

「我不是在耍妳，」我說。

「你發誓？」

「我發誓，」我毫不猶豫地答道。「趕快離開家裡就對了。」

「好。」

「到了艾斯班收容中心之後，馬上打電話給警察報案。」

「派瑞？」

「怎麼了？」

「有一天晚上，戈碧以為家裡沒人，她在講電話的時候被我聽到了一小段。我想，她應該是在說一些和槍有關的事。而且講沒兩句就會換成立陶宛話。我以為自己聽錯了，所以一直沒提這件事。」安妮的聲音幾近哽咽。「我好害怕喔，派瑞。」

「妳離開家裡了嗎？」

「嗯……」

「無線電話在手邊？」

「嗯嗯……」

「繼續走，」我說。「盡可能離家裡越遠越好。妳走到收容中心的大門之前，我都不會掛斷，別擔心好嗎？」我等了一下子。「安妮？」

沒有回應。訊號斷了嗎？忽然間，汽車的引擎聲越來越刺耳。

「安妮，妳聽得見——」

「是爸和媽耶！」安妮忽然迸出這麼一句，剛才種種擔憂全都一掃而空。「喔，派瑞，他們回家了！他們回來了！沒事了！」

「等一下，安妮！叫他們不要進——」

來不及了。

18

這個世界少了哪樣發明，有可能會變得更美好？原因何在？（卡拉馬祝學院）

我舉起手機，在黑暗中尋找重撥鍵。

岩石堆底部傳來喀答一聲。

「下來，派瑞。」戈碧說。

靠。

「妳打算一槍斃了我嗎？」我試探地問。

「我也是千百個不願意。」她跨進路燈的光暈底下，身後拉著一道長長的影子，貼在人行道旁，如同一把銳利異常的剪刀剪下來的黑毛氈。她一邊的肩上依然背著那個大包包，另一隻手拿槍，槍口正對著我的腦袋。「不過，有必要的話，我絕對不會心軟，我想你很清楚。」

「那乾脆讓這一槍捱得有價值一點吧，」說完，我舉起黑莓機，使出全力朝池塘扔去。

19

人是孤獨的嗎？（塔夫斯大學）

黑莓機在天上飛。

那個滿是電路的高科技小玩意兒不過五盎司重，和隻鴿子差不了多少。只見它風車一般轉呀轉的劃過夜空，螢幕忽地一閃，疾速下墜，消失在視線之外。啪啦一聲。甚至連水花也沒濺起半點。一隻鴨子嘎了一聲，拍拍翅膀飛了——就當作是黑莓機的安魂曲吧。漣漪陣陣，映照著城市裡的燈火。

安息吧。

戈碧手腳並用沿著石堆往上爬，猶如怒吼的大自然鋪天蓋地朝我襲來。我見狀連忙從另外一邊開溜，才往下爬到一半，忽然被她一手掐住喉嚨拉了回去，臉險些沒貼上她的嘴，連她飄飛的髮絲都感覺得到。

「派瑞，今天晚上你真的給我製造了很多不必要的麻煩耶。」

「喔，這樣啊，我打從心底感到抱歉。不過，如果妳一開始就不要把我扯進來的話，說不定就不會有那麼多麻煩了，不是嗎？」

她用空著的那隻手緊緊鉤住我手肘，拖著我沿著原來的路往池塘走。經過池塘邊時，戈碧回望一眼，萬分無奈地搖了搖頭。「那支黑莓機是我的……生命線，你們是這麼說的嗎？」

「所以……今晚可以收工嘍？」

「還早咧。」

返回第五大道，我們停下腳步，回望遠處的雪莉荷蘭酒店。我爸那輛積架還在剛才我停的地方，只不過前後各多了一輛閃著警示燈的紐約市警局巡邏車。酒店門口，一輛救護車停在遮雨棚前，有人躺在擔架上被抬了出來，就算沒有特異功能，也猜得到那是誰。時鐘底下，一小群半夜不睡覺的人圍在附近看熱鬧。即便都這麼晚了，紐約市依然不乏這種人，而且我猜他們也不在乎其他人知不知道。

「先是黑莓機報銷了，現在連車也動不了，你還真是福星高照啊，派瑞。」戈碧酸了我一句。

我原本想聳肩裝傻，沒想到肩膀竟像是被一整組生鏽的螺絲拴得死死的，完全動彈不得。戈碧走到人行道邊，攔了輛計程車。

「布魯克林，紅鉤。」她把包包扔進後座，隨後爬了進去。

司機按下計程表後立刻上路。

「我還以為我們是要往郊區去，」我說。

「誰叫你打亂了我的計畫，」戈碧沒看我，只是倚過身來壓低聲音對我說，「只有今天晚上，我的五個目標才會同時出現在紐約市。你捅了婁子，又沒辦法不處理。不過，這次我要你自己去解決。」

我們默默不語，各自想著自己的心事。我想的是安妮和我爸媽，如果她親口告訴他們地下室有炸彈的話，不知道他們會有什麼反應。我猜我媽會想報警，但我爸鐵定會認為戈碧是在胡扯，沒必要大驚小怪。他還可能會拿著手電筒親自到鍋爐間去檢查，好證明他說得沒錯。

等等。

安妮剛才看見一輛車開進車道後，就跑了過去。如果車上坐的人不是我爸和我媽怎麼辦？我推想，悍馬車上那些人一定知道我家那輛積架的車牌號碼。接下來的問題是，他們要花多久時間才能弄到我家地址。

「我們得回康乃狄克去，」我焦急地說，「馬上掉頭。」

「門都沒有。」

「妳還不懂嗎？如果悍馬車上那兩個王八蛋決定去我家抓我妹怎麼辦？」

「你想太多了。」

「妳怎麼知道？」

「因為，今天晚上他們唯一的任務是追殺我們。」她望著窗外，窗上倒影中，她的神情木然而蒼白。「或者可以說，是置我於死地。」

「戈碧。」

「怎樣？」

「妳還記得剛才酒店裡的那個人嗎？妳告訴他妳的本名時，他看起來跟見鬼沒兩樣。」

她沒回答。

「他說，妳不可能出現在這裡，」我繼續往下說，「那是什麼意思？」我想起跳探戈的時候，在她喉嚨上發現一道細絲粗的疤痕，彷彿一條項圈，上頭襯著現在依然掛在胸前的那條半心形墜飾。

「妳到底是誰？」

她沒有任何反應。

「我操你媽的，說話呀。妳到底是誰？」

她總算轉過頭來，用那雙碧綠晶亮的眼睛緊盯著我。

「我是死神。」

我一聽，頓時涼了半截，渾身上下止不住地顫抖。我本來打算開口，喉嚨卻乾得說不出話來，還是先吞了兩口口水潤潤喉，才有辦法勉強吐出幾個字。「這是什麼意思？」

「你沒有資格質問我，派瑞，」她的聲音帶著些許哽咽。「你該想想你的家人才對。」

「我是啊，這妳不用懷疑。」

「那至少現在這段時間，你照我說的話去做就對了。」

我想起我妹，此刻的她孤零零一個人在家，猶如驚弓之鳥。我也想起那兩個理平頭的傢伙，剛才在鬧區被他們追殺的每一刻如今依然歷歷在目。恐懼隨著回憶化成憤怒的烈焰，在我心頭熊熊燃燒。「妳從一開始就不應該把我們家扯進來。妳沒有資格這麼做。」

「只要有必要，我就會去做。」

「有必要讓安妮的生命受到威脅嗎？這對妳的計畫有任何幫助嗎？」

「這只是以防萬一而已，別想太多。其他的一切都只是障眼法。」

「那我們剛才跳的舞呢？」我還不罷休。「難道也是障眼法之一嗎？」

她再次轉頭望向窗外。計程車在暗夜中前行，城市流光無聲劃過我倆臉龐。

「戈碧。」

她沒有再回頭看我。

20

假如你能變成隱形人，不論是重要的歷史時刻，抑或私密的個人遭遇，都能來去自如，你會選擇出現在什麼場合？為什麼？你希望藉此學習到什麼？這對你的人生有何助益？（匹茲堡大學）

戈碧要司機在一棟立面平整的磚造建築前讓我們下車，我看看手錶，已經十二點多了。這裡離海邊不遠，六十年前大概是座製鞋工廠，之後可能被某個雅痞買走當私人宅邸用，也有可能因為不合建築法規而被荒廢，逐步傾頹死亡，但實情究竟如何，我畢竟無法得知。放眼望去，街道和籃球場空空如也，殘破不堪的網子四散各地。我望著海灣那邊的自由女神像，幾乎要以為它是用樂高積木堆成的。

戈碧放下包包，指著前方。

「往前走，」我順著她指的方向望去，一道熟鐵樓梯從建築主體旁迴旋而下，盡頭那扇門附近一片漆黑。「走下樓梯後，穿過一道門。找一個叫作帕沙・摩洛佐夫的人。告訴他，你要戈碧佳最後兩個目標的消息。」

「為什麼要我去？」

「因為這全是你的錯。要不是你把黑莓機扔了，我們也用不著大老遠跑到這裡來。」

「好讓妳有更多時間濫殺無辜嗎？」

「派瑞，無論如何，你都不可能阻止我達成目標的。現在你應該很清楚這一點才對。你想知道什麼是所謂的悲劇英雄嗎？」

「不是很有興趣。」

「不斷嘗試讓事情回歸正常軌道，到頭來自己卻離常軌越來越遠，這種人就叫作悲劇英雄。」她似乎很滿意地點了點頭。「指的就是你，派瑞。」

「是啊。」

「滿不賴的嘛，」我忍不住嘆了口氣。「至少文學課妳還有在認真上。」

「這個叫摩洛佐夫的人是誰？」

「監控專家。資訊的來源。」

「是他幫妳監聽我們家的？」

「不，是透過第三人幫忙。我不會直接和任何人接觸。他也不認識我。」

「我只要開口，他就會乖乖把消息告訴我嗎？」

「這就要看你怎麼說服他了。」

「我覺得，妳最好跟我一起來，」我說，「妳也知道，這種事難免有誤會。」

「別擔心。」她嘴角露出淺笑。「我相信他一定認得你。」

「為什麼？為什麼他會認得我？等等——妳在笑什麼？」

「你這個大白癡，」她忽然變得嚴厲起來，「你是辯不過我的，難道你打算拿你家人的生命開玩笑嗎？」

「如果我死了，我們等於是兩敗俱傷。」

「那就不要死啊。」戈碧點點頭，給了個不算忠告的忠告。

深呼吸一口氣，我一步步走向那棟建築，樓梯越來越近，我卻不自主地停下腳步。底下那扇門外一片漆黑，一抹微光閃動，可能是皮帶扣或是其他什麼金屬製品，反射出周圍的光線。這讓我想起童話故事裡住在橋下的巨人，心中忐忑不安，彷彿覺得此刻他正注視著我。

「我有事要找帕沙。」

暗影巨人無聲無息地來到燈光底下，露出他高大魁梧的真面目。他身穿一套亮紅色運動外套，露出兩隻筋肉糾結的手臂，活像幾十顆憤怒的拳頭組合起來的，好不嚇人。而他臉上那顆拳頭更是大得誇張，鼻梁就是指節，一雙眼睛則是兩枚印章戒指。

「我要找帕沙・摩洛佐夫，」我又重複了一次，「裡面有這個人嗎？」

「沒有。」

我回頭朝馬路望去，卻沒發現戈碧的蹤影。

「我有很重要的事要跟他說。拜託你。」

巨人保鏢正準備退回暗影中。

「你去跟他說，是跟戈碧佳・札克索斯卡斯有關的事。」

保鏢一聽頓了一下，又慢慢跨出來，老大不爽地癟著嘴，不知情的人還會以為是開刀之後傷口沒癒合好。不久，有人推開門，一道狹長的微弱光線灑在波浪形金屬梯上。我聽見一陣模模糊糊的叫聲，還有另一個低沈嘶吼從建築遠處傳來，彷彿連黑暗本身也在垂死掙扎。那聲音起初像是在咆哮，接著轉成刺耳的哀嚎，旋即又悄然無聲。

門哐地一聲關上。

我只好瞪著梯子發愣。

不久門又打開，保鏢冒了出來。

「跟我來。」

「嗯……」我說，「老實說，不知道能不能請他出來和我說幾句話就好？」

他還是剛才的一號表情。「要就跟我走。不然的話——」

「好吧，也只能這樣嘍。」我小心翼翼一步步跨下階梯，才鑽進門，便有一股充滿野性的渾濁味道撲鼻而來。這味道讓我想起紐哈芬的人道動物收容中心，有一次我們特地到那兒去，從上百隻哀哀叫的可憐貓咪裡挑一隻來收養，當作是安妮的生日禮物。木屑混合著氨水的刺鼻味直衝腦門，逼得我眼紅泛淚。慢慢開始有人聲從前方傳來。

我走在伸手不見五指的漆黑通道裡，腳下濕答答的水泥地崎嶇破碎，天花板不高，逼得我必須彎身才不至於撞到頭。二十碼前的那間房裡灑著亮晃晃的刺眼光線。人群歡呼叫囂的情緒越來越高昂——可能是俄文——忽然，又一聲狂猛嘶吼傳來，連我四周的空氣也為之震動。我雙腿不自主地一抖，膝蓋以下彷彿憑空消失，有種就快挫屎的預感。我的心神百轉千迴，說什麼也不願意再往前跨一步，腦海深處卻浮現出一個冷靜、甚至幾近冷酷的聲音：

想想安妮和你爸媽。如果你沒打聽到消息的話，他們就死定了。

戈碧不會真的——

不，她真的會。

於是我又往前跨了一步。

房間的地板上挖了一個大洞，洞口周圍擠了二、三十個體型壯碩、面目猙獰的人。他們個個身穿襯衫和吊帶，一面揮舞握著鈔票的拳頭，一面放聲吶喊。洞的其中一邊立著一個籠子，門開著，裡頭空空如也。我往前湊過去一看才發現，一根柱子立在洞中央，繩索末端拴著一個巨大黝黑的東西，只見牠死命掙扎嘶吼，不過，從牠巨大渾圓的體型來看，不可能是狗。

過了一秒鐘，我才明白那是一頭熊。

洞裡除了那頭熊之外還有兩隻狗，像是純種鬥牛犬，也可能是雜交過的品種。兩隻狗時而遠處狂吠，時而近身攻擊，還得閃躲攻勢凌厲的熊掌。觀眾看得血脈僨張，一股腦地叫好。他們的臉上清一色野蠻表情，相較之下，洞裡的生死搏鬥竟顯得世故得多。一陣震天歡呼徹底壓過黑熊的咆哮。所有人都把我當空氣一樣，全然無視於我的存在。

然後，我看見了摩洛佐夫。

整間房裡，他是唯一一個對鬥熊不感興趣的人，所以我猜一定就是他。

他背對著我，縮在角落裡，乍看之下，還以為是具面色焦黃的稻草人淹沒在大過頭的衣服裡。電漿電視螢幕、監視器以及各式各樣電子設備圍繞在他四周，恍如一個發著淡藍光澤的巢穴，打了層微弱的光暈在他身上，有種小時候感染過血液傳染病，之後卻始終沒完全恢復的感覺。他頭上還戴著一副巨大的耳機。

我在他肩膀上拍了一下。「你是帕沙嗎？」我想乾脆直呼名諱也好。

他慢慢轉過身，摘下耳機，一雙凹陷的眼睛轉呀轉的，好像永遠停不下來似的。熊的狂吼從身後傳來，緊接著是一隻狗哀戚的尖叫。圍觀的人再次歡聲雷動。

「幹嘛？」

「我是派瑞・史都——」

他一拳搥在桌上，把設備震得左搖右晃，但他臉上始終維持著同樣的表情。

「我不是在問這個。」

「我是來問消息的，」我連忙回答，「帶我來的人是戈碧佳・札克索斯卡斯。」

「不可能。」

「為什麼？」

「因為，」他冷冷朝房間瞥了一眼，隨後又將目光拉回我身上。「戈碧佳・札克索斯卡斯已經死了。」

21

和我們分享一下令你印象最深刻的一段對話吧。（史丹佛大學）

「什麼？」洞裡的狗熊大鬥正激烈，我想我一定是聽錯了。「我沒——」

「你不但是笨蛋，而且還是個聾子嗎？」他問。「她死了。有人圍毆她，後來還割斷了她的喉嚨，就在布魯克林這裡。」

「誰幹的？」

他一直瞪著我，我想他大概不打算回答這個問題。

「這是什麼時候的事？」

「三年前。」

「這不……」我困惑地直搖頭。「會不會是另外一個戈碧佳？」

摩洛佐夫依然只是默默地瞪著我。我猜，他大概是在考慮，究竟是要起身親自海扁我一頓，還是乾脆把我扔進洞裡去和那些野獸作伴，免得浪費力氣。後來，他決定揮揮手作罷。

「給我滾。」

「等等——」

我還想掙扎，兩隻手臂卻已被人抓住，死命地往外拖。摩洛佐夫回頭盯著他的螢幕，順手抓起桌上的伏特加倒了一杯，再從一個瓷碗裡抓了一把藍莓扔進杯裡，微微搖晃。

「我需要今晚最後兩個目標的消息。」

摩洛佐夫愣了一下，微微撇撇下巴，向我背後的人示意，剛才緊抓著我的手立刻鬆開。就在這個時刻，洞裡的狗一聲淒厲慘叫，觀眾歡聲雷動，輸贏兩樣情。狗熊生死鬥正式結束。

「你剛才說什麼？」摩洛佐夫問。

「最後兩個目標的消息。我弄丟了。我要找回來。」

「你？」

「沒錯，就是我。我就是那個……殺手。」

「是你啊。」

「是的，就是我。」

摩洛佐夫一陣冷笑，整張臉卻似乎文風不動。事實上，他只扭了一下鼻子，微微聳了一下肩。

「今天晚上米羅斯在哈里・奇普里亞尼酒吧遇刺的事，你一定已經聽說了吧？」我問。

「刺殺他的人就是我。他吐血吐得跟噴泉沒兩樣，後來還得用擔架抬出來。金融區和40/40酒吧那兩件也是我幹的。」

「真的是……你？」

「沒錯。」

他把椅子往後推，仔細打量了一下我身上這套皺巴巴、沾滿血跡的燕尾服。「你是用什麼殺死那個老頭的？」

「摺疊刀。」

「像這把嗎？」摩洛佐夫從夾克口袋裡掏出一把見血封喉的短刀，放在桌上的香菸旁邊。「證明給我看。」

我瞪著他，心裡火冒三丈。我想起了我爸，還有其他所有曾經坐在桌子後面要我證明給他們看的卑劣暴君。我想起了我所失去的，還有可能將會失去的。在今晚這樣的時刻，這些彷彿顯得微不足道。

「你為什麼要那麼機車？」我衝著他問。

「什麼？」摩洛佐夫瞪大了眼，微微抿起嘴巴。

「你給我聽著。我只是來跟你要消息而已。」我指著桌上的螢幕和鍵盤。「而且，我要的東西明明就在你眼前。如果有問題的話……」腦海忽然浮現戈碧在車上曾提過的名字。「……那我們乾脆一起去找聖母馬利亞好了。」

摩洛佐夫抬頭瞥了我一眼。「聖母馬利亞？」

「沒錯……聖母馬利亞。你以為還有誰會派那些人來跟蹤我？聖母馬利亞一整個晚上都跟在我屁股後面。你以為我愛在星期六晚上到紅鉤來呀？我在來的路上，弄丟了最後兩個目標的消息——」

「你？」他伸出一隻彎曲的指頭，在我胸口戳了幾下。「你認識聖母馬利亞？」

「對，你沒聽錯。」

「你確定是聖母馬利亞的手下在跟蹤你？」

「兩個受過軍事訓練而且全副武裝的王八蛋，開著悍馬車一路追殺我，」我說。「你自己想也知道。」

「誰都有可能。」

「你想冒這個險嗎？」

摩洛佐夫沒回答，默默抽了幾口菸，順手將菸蒂扔到地上踩熄。後頭圍觀的群眾朝著洞裡的熊大叫，被激怒的熊也咆哮以對。摩洛佐夫伸出一隻污穢不堪的指頭，在胸口上東抓抓西摳摳，感覺是在拖時間，我再也忍不住，拉起袖口，看了看空空如也的手腕。

「我可沒空跟你耗上一整晚，」我擺出強硬的態勢，「消息你給是不給？」

他依然沒回答，轉過身在鍵盤上輸入一些指令。一秒鐘之後，他頭頂上的螢幕忽然一閃，秀出一個空蕩蕩的廚房。

「等等，」我說，「那是我家嗎？」

「這是兩個月前的檔案。」摩洛佐夫按下另外一個按鍵，螢幕頓時換成二樓走道的鳥瞰畫面。我看見一坨衣服堆在我房間門外。門打開，我穿著四角內褲走了出來，從那坨衣服頂端捏起一雙襪子嗅了嗅，然後穿上。

「你為什麼要監視我家？」

摩洛佐夫眨了眨眼。「是你花錢叫我做的。」

「我？」

「你不是殺手嗎？」

「嗯，對啦。」螢幕上的我往走道盡頭走去，對著一面鏡子擠青春痘。我還記得那顆青春痘。它在鼻頭上冒出來之後，就像顆憤怒的小心臟一樣總是隱隱作痛，足足有兩個星期都沒消，我還以為我的鼻子永遠回不去了。

「長青春痘的殺手，」摩洛佐夫自顧自地說，「真是太有趣了，」

「聽著……最後兩個目標的消息你到底給是不給？」

他又敲了幾個指令，我家的畫面消失，取而代之的是一欄欄的文字。他把畫面往下捲，按下一個按鈕，腳邊的雷射印表機旋即吐出兩張紙。

「謝啦。」我伸手想拿那兩張資料，他卻一把抓住我的手腕。

「這是什麼？」

我順著他的眼光往下，才發現他正盯著我手背上蓋的那個戳印。未成年。

「我的偽裝之一，」我說，「這是──」

聽了之後，他並沒有放開手。「你殺的第一個人叫什麼名字？」

「你想考我了是吧？」

「沒錯。」他咧著大嘴朝我直笑，近得我幾乎聞得到他那兩顆眼珠的味道。「我是想考考你。今晚你在40/40俱樂部殺的第一個人叫什麼名字？」

我還來不及回答，他就以迅雷不及掩耳的速度，把我的手重重壓在桌上，另一隻手順勢抄起原本放在桌上的摺疊刀，低頭凝視我的指頭。

「聽著。你跟我說了多少謊？」

我緊張地舔了舔嘴唇。「聽我說……」

「四個？還是五個？」他點點頭。「我猜，少說有五個。五個無傷大雅的小謊。那我們就從小指頭開始吧。」

22

知識分子負有什麼樣的責任？（耶魯大學）

一陣我從沒聽過的淒厲嚎叫從房間另一頭傳來。仔細一聽，裡頭不只一個聲音，而是混雜了動物和人的叫聲。摩洛佐夫聽見，立刻放下刀，鬆開我的手，整個人從椅子上跳起來。他的手肘不小心撞翻酒瓶，伏特加流過鍵盤旁的桌面，在電線四周積了一小攤，爆出點點火花。

我一回頭就有個人朝我狂奔而來，上臂皮開肉綻，鮮血淋漓，連深處的肩關節都看得一清二楚。他身後的人沒命地往四面八方逃竄，把家具撞得東倒西歪，一盞蒂芬尼桌燈哐噹一聲砸在牆上。

然後，我看見了那頭熊。

牠從洞裡爬了出來，身上還拖著繩索，揮舞熊掌，不放過房裡的每一個人。倉皇逃命的人群似乎找不到出口。我看見一個人掏出手槍想制伏牠，說時遲哪時快，黑熊一躍而起撲倒了他，兩隻巨大熊掌壓在肩上，張嘴就往他臉上咬去。幾聲震耳欲聾的槍聲響起，肝腸寸斷的尖叫慢慢變弱，終至消失。

黑熊忽地坐起，露出沾滿鮮血的嘴，一聲長嘯，把每個人震得肝膽俱裂。房間另一頭，一個人從吧台後面站了起來，手裡扛著把機槍開始瘋狂掃射，把我頭頂的牆壁轟出一長串刪節號般的彈孔。黑熊像發飆一樣怒吼著往吧台撲去。玻璃在我眼前碎落一地。

我拔腿往門外衝。

「妳已經死了。」我說。

戈碧沒有回答。此刻，我們坐在凡布朗街一間小酒館裡，剛才那棟紅磚建築足足有六個街區遠。已經半夜一點半了，酒館裡卻依然人聲鼎沸，正好有我們需要的都會保護色。幾張沙發和一些不同系列的椅子四散在酒館的後半段，上頭坐著一群嬉皮、碼頭工人和一臉茫然的曼哈頓人。似乎沒人注意到，有個身穿燕尾服的小鬼和一個穿著禮服的棕髮女孩，窩在角落的那根紅蠟燭旁。

「我說的妳聽見了嗎？」我再次逼問。

「安靜點。」戈碧把我從摩洛佐夫那拿到的資料攤在木頭桌上，仔細研究了起來。

「摩洛佐夫說妳三年前就死了，還說是因為被人割斷了喉嚨。就是因為這樣，妳向那個老頭報出名字的時候，他才會嚇成那樣，對不對？他真的見鬼了。」

「說話小聲點。」

「現在到底是怎樣？」

她深呼吸一口氣，抬頭望著我。「這有那麼重要嗎？」

「啥？」

「你只想活過今天晚上，然後離我遠遠的，永遠不要再看到我。我是誰對你來說，真的有那麼重要嗎？」

「我——」我也不知道該怎麼回答。

「相信我，派瑞。關於我，你知道得越少越好。」

「沒錯，我先前的確這麼想，」我說，「但現在我卻認為，知識就是力量。」

「那你就大錯特錯了。」

「戈碧佳・札克索斯卡斯到底發生了什麼事？」

「你眼前的這個人就是她。」

「鬼說的話我才不信咧，」沒想到要把這句話說出來還真不是件容易的事。即使我們已經一起出生入死了一整個晚上，但我的直覺告訴我，她應該會白我一眼，以為我是不是瘋了，甚至當面笑我是個無可救藥的白癡。

然而，她卻沒那麼做，反倒將我的手放在她脖子旁的疤痕上，讓我感受她脈搏的跳動。她溫熱的肌膚是那麼柔軟而有彈性，我甚至能感覺到血液在她的血管裡川流不息。她凝視著我，彷彿看見一些我始終沒看見、近期之內也不容易發覺的東西。

「鬼會是這種感覺嗎？」

「妳為什麼要這樣？」

「怎樣?」

我立刻把手抽開。「這附近又沒有人在監視我們。妳大可不必裝模作樣。」

「派瑞，你怎麼了?你不喜歡摸我嗎?」

「幫幫忙好嗎。」我簡直不敢相信我的耳朵。

「你說什麼?」

她拿出一條紅色口紅，慢條斯理地開始上妝。「打從你知道會有一個女交換學生來你家住的那一刻起，你就一直幻想她會穿著性感絲襪來勾引你，讓你嘗嘗欲仙欲死的快感，甚至在離開時，還會用法國女人性感的口吻在你耳邊低語:『再見嘍，派瑞。』」

「只可惜法國女人沒來，卻給我來了個魔鬼終結者。」

「但你就是這麼想的，對吧?」

「才怪。」

「告訴我實話，」她說。

「實話?實話是，我的人生基本上已經毀了。妳殺了三個人，而我卻被迫成了共犯。乾脆我現在就去警察局自首還比較快，以便跪求法官網開一面。說不定我還可以在牢裡拿個學位。我跟妳說，有很多人是在牢裡取得法律學位的。我猜，說不定還有特別的學程可以申請。」

「派瑞。」

「我爸搞不好還可以替我向典獄長說情。假如我洗澡的時候小心點——」

「派瑞。」

「幹嘛？」

「你給我小聲點。」

「為什麼？」我偏偏扯開喉嚨對她吼：「妳想怎樣？一槍斃了我嗎？」附近幾桌的人開始抬頭往我們這邊看。「妳打算——」

「啪！」我的下巴捱了一拳，乍時眼冒金星、天旋地轉，搖搖晃晃往後退了幾步，險些摔倒。我搖搖頭，好不容易回過神來，二話不說，立刻朝她撲去，不料才剛跑了幾步，就被椅子腳給絆倒。「妳這臭婊子。」

戈碧抓住我轉了一圈，手一伸，順勢把我推向一座放滿小陶器的架子，上了釉的杯碗茶壺在我腳邊碎了一地。原本坐在我們後面的那群假嬉皮看苗頭不對，拿起酒後退幾步，還不忘掏出手機，不知是要報警還是要照相。

「好了，」戈碧揪著我的衣領說，「你和我——」

我伸手使勁往她背後揮去，儘管我算不上特別強壯，但她畢竟個頭很小，整個人隨即飛了出去，我沒料到她會滾得那麼遠，還撞倒了一盤飲料。沒多久，渾身上下沾滿酒的戈碧又爬了起來，抓起盤子朝我扔來。

幸好我的反應還算正常，一個側身閃過，隨即往她撲去。戈碧皺起眉頭，不敢相信我苦頭還沒吃夠。如果你問我在游泳校隊這段期間最大的收穫是什麼，我會告訴你，是我的耐力變強了。戈碧往後拉弓，準備集畢生之力一拳將我摜倒，我卻不小心在濕淋淋的地板上滑了一踹，整個人騰空重重摔在她身上，腦袋不偏不倚剛好卡在她兩條大腿之間。

「喂，你這個敗類，」一個人忽然站出來說，「只有畜生才會動手打女人，你知不知道？」

「閉嘴！」戈碧和我異口同聲要他少管閒事，但她畢竟魔高一丈，趁我一個閃神，兩手捏著我的耳朵，把我腦袋從她胯下揪起來，垃圾一樣往旁邊的地板摔。這下我真的火了，顧不得頭昏腦脹，立刻從地上爬起來，朝她身上撲去亂打一通，雖然力道連個娘們都不如，但至少還有一兩拳打中她。一番纏鬥之後，我們倆都已精疲力竭，只能踩著搖擺不定的腳步，伺機進擊。

「妳好歹說過實話吧，」我說，「好歹有件事沒騙過我吧。」

她吹開臉上一綹髮絲。「你還記得數學課你幫我的那次嗎？」

「證券交易市場簡報那次嗎？」

「沒錯。多虧你幫忙。」

「幫忙？那是我在截止的當天早上熬了一整個通宵替妳生出來的耶。」

戈碧露出微笑。「那晚我整夜都在布朗克斯採買武器，直到快天亮了才偷偷溜回去。那次你真的救了我一命。」

「連那次妳都是騙我的嘍。」

「我現在不是跟你說實話了嗎？」她說。

我的上嘴唇腫得和香腸沒兩樣。我伸出舌頭，把上頭的一滴血舔乾。「感恩節之前妳請病假回家休息那次呢？那天妳是真的食物中毒嗎？」

「怎麼，你覺得有什麼不對勁嗎？」

「那當然，晚餐的時候我一直覺得很奇怪，為什麼妳身上會有除鏽潤滑劑的味道。」

她瞪大眼睛，笑得更燦爛了。「連這你也發現了啊？」

「因為那天妳眉毛上還有一道油漬。」

「那是電梯電纜潤滑油。我必須從電梯管道間垂降下去，才能破壞金融區那棟大樓的保全系統。難不成你以為今晚我只要露個臉，就能大搖大擺走進去嗎？」

「我老實跟妳說吧，有天晚上，我妹聽見妳在電話裡跟人說妳要買槍。」

「安妮是個很棒的女孩，」戈碧忽然頗為感嘆，「她讓我想起了……」

「想起誰？」

一陣遲疑之後，她搖搖頭說：「沒有。有這麼一個好妹妹，你真的很幸運。」

「所以妳才要在我家地下室裡埋炸彈嗎？」

「你要我跟你說多少次對不起你才甘願啊？」

「早知道有機會就該一槍把妳給斃了。」

戈碧放聲大笑。「可惜太晚了，你這輩子再也沒機會了。」

「我是認真的。我——」

她忽然朝我撲來，我也掐住她脖子反擊，兩人扭打成一團，完全失去平衡，東翻西滾，撞開了小酒館的門，一屁股跌在外頭的人行道上。

重重摔倒之後，我連忙從水泥地上爬起來，可惜又被戈碧一把抓了回來，倒在她身上。我死命掙脫，趁隙喘了口氣，想趁她還來不及發動下一波攻勢前趕緊起身。

沒想到她整張嘴忽然貼了上來，那味道混雜著口紅、鮮血和火藥，真是難以言喻。我從來不知道世界上竟然有那麼柔軟的東西，儘管都痛得快嗝屁了，我還是忍不住伸出舌頭和她死攪蠻纏。她的臉滾燙得像座火爐。我倆的舌頭在彼此嘴裡纏綿、迴旋共舞。過了好久好久，她才慢慢退開。那感覺彷彿是在一片中人欲醉的紅牛汪洋裡，深潛了好長一段時間之後，重新浮出海面。

「妳為什麼要吻我？」我好不容易才回過神來。

「因為我開始有點喜歡你了呀，派瑞。」

我聽了渾身發抖。「用這種方式來表示，妳也未免太怪了吧。」

「你這輩子有比現在感覺更帶勁過嗎？」

「有啊，一、兩次。」

戈碧雙唇微張，凝望的目光，彷彿想把心底最後一絲一毫的我也掏乾。這時的她看來年輕而茫然，有如脫韁野馬般無法駕馭，根本就是我自己的寫照。她彷彿在某個陌生的遠方，而我周遭的人就算想破頭，也不可能會到那兒去尋找我的下落。當下我竟忽然有種莫名衝動，巴不得拋開學業、音樂、家人和朋友，拋開一切的一切，遠遠離開這個世界，和她一起遠走高飛。

我猜我們大概能撐上一個星期。

「你還好嗎？」她問。

「我的頭好痛。」

「是口紅的關係，」她又露出招牌笑容，「裡頭有一種能夠控制心智的藥物。你現在已經完全在我的掌控之下了。」

「才怪。」

「再吻我一次。」

我不為所動。「妳鐵定是買到山寨口紅嘍。」

「那種藥要很長的時間才會發揮效用，不過後勁很強。」她把臉湊過來，性感的雙唇故意在我嘴上來回磨蹭，低聲對我說：「天亮的時候，你就只能任我擺布了。」

「我要妳向我保證，絕對不會傷害我的家人。」

她的神情忽然變得很嚴肅。「家人受到傷害是在所難免的，派瑞。世界上只要是還沒進棺材的人，任誰都沒辦法跟你保證。」

「妳還真是個婊子耶，妳知道嗎？」

「我從來沒否認過。」

我一拳揮去，正中她的掌心。

「太慢嘍。」

我彎身微微抵住她的額頭，輕輕撫摸她頸部那道微微隆起的疤痕。

「妳這裡怎麼了？」

她突然把目光別開。「那是段痛不欲生的回憶。」

「有多痛苦？像是喉嚨被人割斷之後，又從墳墓裡死而復生嗎？」

她的身體忽然繃得像塊鐵板似的。剛才的曖昧情愫頓時消失無蹤，四周的空氣碎成數不清的鋒利碎片撒在人行道上，彷彿傳說中的龍牙。

她忽然一陣痙攣，默默不發一語。

「戈碧？」

她整個人直挺挺倒了下來，我連忙伸手抱住她。我就這麼摟著她在小酒館門口站了好一會兒，直到發現她的腿不再那麼僵硬，才慢慢把她放到門口的台階上。兩三個人從酒館前門跑了出來，瞪著大眼在我們四周走來走去，卻什麼也沒說。

幾秒鐘後，戈碧抬起頭，迷濛的眼神中透著一絲清澈。

「派瑞？」

「我在這。」我點點頭要她放心。

「我們得走了，」她說，「我們得……弄輛車來。」

「或許我們應該再多等一會兒。」

「不行，現在就得離開。」她不願意和我的眼神接觸。「該是結束這一切的時候了。」

23

回顧高中歲月，你會給一個正準備開始高中生活的人什麼樣的建議？（西門子學院）

半個小時後，我們開著一輛偷來的BMW F10馳騁在東八十五街上，我只能說，戈碧大概覺得這樣比較不那麼引人注目。她在後車廂裡找到了一把鉗子和一把起子，靠著這兩樣東西破壞方向機和防盜系統，輕輕鬆鬆就發動了引擎，而且前後不到兩分鐘。車主的音樂品味糟糕到了極點，麥可・布雷使出渾身解數，想用他深情的歌聲激勵我們的士氣。可惜一點用也沒有。

「上東區到了，」我說。

「前面停車。」

我把車停在消防栓前，拔出她剛才插進點火系統裡的起子，引擎先是抖了幾下才慢慢停止運轉。我們下了車，站在闃寂無聲的街道上，望著兩旁不懷好意的褐色石造建築。

「那一間，」她指著前方其中一棟屋子，「就是那裡。」

我有點遲疑。那棟四層樓高的龐然大物森然矗立，牆上開了幾面高大的圓窗，兩面深黑的門板外有熟鐵裝飾花紋保護，看起來連飛彈都撼動不了。住在這座堡壘裡的，應該是一群非常有錢卻也非常危險的人，唯有躲在裡頭，才會覺得自己是個文明人。磚牆上爬滿了肆無忌憚的常春藤，連呼吸都顯得困難，感覺彷彿長了某種壞疽，正病得奄奄一息。

就著街燈灑下的光芒，我看著戈碧將子彈一發發填入彈匣，放進衣服裡藏好。然後她彎腰從皮靴裡抽出一把見血封喉的利刃，仔細檢查過刀刃之後，又重新放回原位。

「來吧，該辦正事了。」她說。

「絕不。」

「你說什麼？」

「我不會幫妳濫殺無辜。這種事別找我。想都別想。」

「你為什麼會覺得你有選擇？」

「妳不知道嗎？那我來告訴妳好了。剛才我們在大馬路上熱吻的時候，心底有個聲音告訴我，妳不可能真的把我家給炸了，害我妹死得不明不白。我不相信妳真的下得了手，更何況，她現在很可能根本不在房子裡。所以嘍，如果妳想進去大開殺戒的話，行啊，但休想把我扯進去。」

戈碧若有所思。「派瑞，到底要我說什麼妳才會懂？難道非要我跟你說，今晚我殺的這些人都是些十惡不赦的壞蛋，你才會明白嗎？好，那我就明白的告訴你，他們都是壞人，而且是非常壞的壞人。這些人死有餘辜，沒有一個例外。」

「天底下沒有人死有餘辜。」

「哦，真的嗎？」

「好吧，或許有些人例外，比方說希特勒、柬埔寨殺人魔波布、獨裁者、暴君、還有非洲那些為了控制人民而不惜把他們餓到瀕死邊緣的軍閥……可是，剛才在酒吧裡的那個人不是壞人啊。」

「你怎麼知道？只因為他和海明威一起喝過酒嗎？」

「我的直覺告訴我的。」

一輛車從遠處開來，慢慢行經身邊，我倆緊張得全身繃緊。

「外面不安全。」

「裡面就安全嗎？」

「跟我在一起比較保險。」

「算了吧，」我可沒那麼容易被說動，「打死我也不進去。」

「那你真是蠢到家了。」

「我的SAT有兩千兩百分耶，」我立刻反駁，「這種人會笨到哪去？」

「笨到看不出來誰是真正關心你的人。」

「這到底是什麼意思？」

她脈脈地凝望著我。

「你覺得這是什麼意思？」

腳步聲從我們背後的人行道遠遠傳來。來的兩個人壓低嗓子，彷彿是自言自語似的在說話，感覺起來就是那種鎮日裡沈默寡言的人。戈碧一把將我扯進陰影裡。

幾秒鐘後，我探出頭來，發現有兩個人正朝著那輛ＢＭＷ走去，其中一個穿著卡其褲和工作外套，另外一個則穿著皮衣，就算沒看見臉頰上刺的那滴眼淚，我也知道他們是誰。

「靠，」我不敢說得太大聲，「是剛才市中心那兩個人渣。現在該怎麼辦？」

戈碧不由分說，抓起手臂，把我拖到那棟四樓建築門前的階梯上，背對人行道，砰砰砰敲起了門。不久之後，有人拉動門閂，緩緩把門打開。出現在眼前的是一位驚為天人的高䠷美女，身穿正式晚禮服，睫毛少說有五英寸長。她手中握著一杯馬丁尼，微醺的笑容彷彿是化妝的成果。「嗨，你們好啊。」

「哈囉，」戈碧聽起來自然極了，「希望我們來得不算太遲。」

「親愛的，妳真愛開玩笑，」女接待員甩了甩及肩的金黃長髮，咯咯竊笑，「現在還早著呢。」我往她身後望去，一簇簇昏暗的燈光下有人在喝酒、跳舞，但都看不清他們的臉。

「快進來吧。」

我們進門後，那位女接待員轉眼消失無蹤。空氣中混雜著菸味、濃濃的香水和酒酸。戈碧和我穿過一條大理石走廊，高挑的屋頂上垂著一座富麗堂皇的水晶吊燈。走道兩側還有些房間，油畫、玻璃雕塑令人目不暇給。盡頭是一間正式的交誼廳和奢華的用餐區，裡頭擠滿了人，伴著節奏強烈的嘻哈樂高聲談笑。某個女人的尖笑從遠處的房間傳來，然後我聽到一個男人的聲音說：「不，不，不……就算再過一百萬年也不可能……」

含著金湯匙出生的賓客和他們的朋友們，三三兩兩自成幾個小圈圈。一張咖啡桌上放滿紅色塑膠杯，桌旁的波斯地毯上一對男女正在忘情激吻，把四周的人全當成了空氣。怪的是，其他人也根本不把這當回事。這場嗨趴已經到了完全失控的地步。

戈碧朝著眼前的樓梯撇了撇頭，意思再清楚不過。上樓。

「門都沒有，」我立刻拒絕，「我要留在這裡。」

「很好。」她朝外頭的馬路瞥了一眼。「那你去把車開來。」

「辦不到。」

「為什麼？」

「不用鑰匙就可以發動車的人是妳，妳忘了嗎？」

「這次輪到你了啊。」

「我不會。」

「剛才你都沒用心看嗎？」

「沒有，」我說，「妳這個交換學生都不必用心寫紐約證券交易所的報告，我為什麼要用心學偷車？」

她的眼睛飄向左上方，老師說，這通常是人在搜尋記憶時會有的表情。「紐約證券交易所位於華爾街十一號，上市公司總市值高達二點八兆美元，是全世界最大的證券交易所。要我繼續嗎？」

「聰明的怪咖最惹人厭了。」

「我只是比較用心而已，派瑞，」她說，「你都沒在用心嗎？」

24

請附上一小張你珍視的東西的照片，並說明它對你的重要性。（史丹佛大學）

悄悄溜出前門之後，我在門口的台階上，一動也不動地站了好一會兒，仔細打量著眼前的八十五街。放眼所及沒有任何人。除了身後朦朧的音樂之外，夜空下的八十五街一片靜好，靜到我可以清清楚楚聽見自己如潮水般緩慢起落的呼吸。

可能是隻老鼠吧，窸窸窣窣穿過馬路，消失在垃圾桶後面。

我慢慢步下台階，輕手輕腳地不發出一丁點聲響。我沒發現剛才那兩個傢伙的蹤影。BMW還停在原來的地方，後面就是那根消防栓。剛才戈碧發動引擎的時候我其實有注意，雖然不是很有信心，但應該可以順利發動才對。這次換我成了偷車賊，實在太滑稽了，但我的思緒只往回追溯到戈碧就停止了。

我躡手躡腳來到車旁，打開車門，默默坐上駕駛座。剛才我從方向機上拔出來的那把起子，不知為何，怎麼找也找不到。

戈碧的包包無聲地躺在副駕駛座上，猶如另一個忠心耿耿的伙伴，陪著我們度過了槍林彈雨的一夜。我把手伸進去，發現裡頭有幾堆衣服、好幾盒炸藥、兩把刀、一副皮製雙肩背帶和一個牛皮紙袋。

我打開信封。

一張照片掉了出來，落在我大腿上。

我拾起照片仔細端詳。

這是張泛黃的老照片，一道深深的摺痕劃過中央，想必曾經收在皮箱底和口袋裡，被人摺過了千百次。照片裡，兩個身穿深色連身長裙的小女孩站在一棵樹旁，樹後是一棟樸實的平房。我猜小女孩大概六、七歲左右。背後的天空一片灰綠，詭異得很。

兩個女孩都把前額的頭髮夾了起來，陰沈肅穆的模樣，壓根兒就是戈碧在上泰爾高中當交換學生時的翻版。其中一個女孩抓著一個洋娃娃，另外一個懷裡抱著一隻微慍的三色小貓，尾巴在她手臂外頭晃呀晃的。她們面前的草地上立了一張小圓桌，桌上杯盤、湯匙、茶壺、桌巾樣樣俱全。她們兩個臉上都帶著害羞的笑容，好像拍攝這張照片的人，在她們玩得最盡興時忽然冒了出來，給了她們一個驚喜。

直到這時，我才恍然大悟：其中一個小女孩是戈碧，慢半拍的意識總算跟上了直覺的腳步。另外一個和她幾乎是同一個模子刻出來的，很可能是她的雙胞胎姊妹。她們臉上的笑容有一絲細微的不同，其中一個帶點調皮，另外一個則比較認真，至於是不是靠這一點才分辨出誰是戈碧，連我自己也搞不清楚。

我把照片拿到眼睛前面，想看得更仔細一些。

兩個女孩胸前都戴著墜飾。

而且是半心形的。

我是死神。

這時，後座忽然冒出了兩個人。

「晚安啊，寶貝，」淚眼煞星拉開皮衣，抽出藏在手臂底下的短獵槍，槍管破空而來，不偏不倚打在我鼻梁上。我頓時失去意識，墜入空茫的無底深淵。

25

十年後，你覺得自己會在哪裡？（羅格斯大學）

答—啦、答—啦，水滴滴成水窪，在地底幽幽回響，將我從昏死中喚醒。

之後，我才開始覺得痛。

最先是鼻子。我根本無法呼吸。血塊如同用來密封的蠟，塞滿喉嚨和鼻腔。劇痛如電，閃過顏面骨和頸部，往下蔓延至手臂和手腕。

我的雙手被人綁在背後。我慢慢轉頭，發現自己坐在一張金屬摺疊椅上，四周光線昏暗，以前可能是某間工廠的地下室。放眼四顧，視線始終無法突破二十碼外的黑暗，頭頂的水管和燈具只剩模模糊糊的輪廓。答啦的水聲更遠，應該是某條隱藏在大梁和蜘蛛網後的水管在漏水。偌大的地下室裡又濕又冷，遠處是一排排較為狹窄的小空間。一條條生鏽的鎖鍊和繩子從頭頂的水管懸垂而下，有些鎖鍊末端甚至還掛著肉鋪用的鐵鉤。

一個聲響傳來，我趕緊抬頭察看。

刺耳的摩擦聲再次浮現。二十呎空空如也的灰色水泥之外，戈碧也被綁在一張椅子上。

那兩個傢伙把我狠狠地修理了一頓，可是比起戈碧來，簡直是小巫見大巫。她的嘴唇傷痕累累，腫得活像兩條香腸，右眼也腫得只剩一條細縫，被血染紅的眼睛依然炯炯有神。一道長長刀疤劃過左臉頰直到下巴附近，望著耷拉的嘴巴我才發現，其中有顆門牙也被他們打斷了。

她低頭望著地板，不知用立陶宛話在嘀咕些什麼。

「戈碧？」

沒有回應。

「戈碧？」

她斜過頭，用還正常的那隻眼睛朝我看來。

「我們在哪裡？」

她仰起頭，凝神傾聽。頭頂上，有靴子踏過地板的聲響，停了一陣子之後，又繼續走動，除此之外，還依稀聽得見有人在交談。

「那些傢伙把我們帶到什麼地方來了？」

她搖頭要我別出聲。腳步再次晃過頭頂，接著我聽見另外一個聲音，是個女人，卻聽不清他們究竟在說些什麼。身上的痛讓我呼吸起來更費力，四周的聲音幾乎都被粗重的鼻息給蓋了過去。我還記得臉上被淚眼煞星用槍管賞了一記，頓時失去知覺。我絞盡腦汁搜尋那一刻之後的所有細節，腦中卻只有一片鮮血淋漓的模糊，讓我不寒而慄。我依稀還有印象曾經哀求他們住手，他們只是大笑，笑聲漸漸淡去……

我的眼睛完全適應了周遭昏暗的環境。

直到這時我才注意到那些籠子。

它們看來像是給大型犬住的狗屋，只不過欄杆比較粗，鐵栓上還掛著打開的鎖。籠子底部鋪著骯髒的報紙，上頭還有幾團看來像是破布之類的東西，除此之外，裡頭並沒有其他東西。這讓我想起那群俄國人在布魯克林幹的勾當，兜了這麼一大圈，難道我們又回到了老地方不成？

「是給人用的，」戈碧低聲說。

「什麼？」

「那些籠子啊。」

我嚇得瞪大了眼。「他們把人關在那種東西裡頭啊？」

戈碧撇撇頭，要我注意頭頂的說話和腳步聲。咚咚咚的聲音從樓梯上一路往下，而且越來越大，好似有人把木塊扔下樓梯，一塊重似一塊。沒多久，一道強力橢圓光束掃過四周的牆壁，幻化出禿鷹、狼頭、捕獸夾鋒利的鋸齒等駭人幻影，旋又漸次消失。

腳步漸緩，一步步朝我們靠近。沈重的步伐在我面前停下，拿著手電筒的男人身子一轉，把光線直接打在戈碧臉上。他穿著一件牧人專用的長外套，長到幾乎連腳踝都看不見，衣領也掀了起來，全身上下唯一看得見的地方，只有那顆光禿禿、圓呼呼的腦袋頂部。短硬的頭髮東一撮、西一撮，好似野豬嘴上的剛毛。

「戈碧佳•札克索斯卡斯，」他說話的腔調很重，可能是東歐、俄羅斯一帶的人。我發現他手裡拿著一個類似身分證的東西。「是妳嗎？」

她點了點頭，用立陶宛話回了幾句。

「這些文件是假的，」那人兇巴巴地問，「妳到底叫什麼名字？」

「塔提雅娜·卡茲羅斯奇尼。」

「我再問妳一次。妳到底叫什麼名字？」

「艾密莉雅·厄爾哈特。」

「妳這隻說謊的豬，」他說，「妳以為這樣很好玩嗎？」

「沒錯，超爽的。」

「那我就讓妳嘗嘗什麼叫作好玩。」

他跨到戈碧面前，擋住我的視線，手掌揮得像閃電一樣快，啪一聲，接著一聲悶響，戈碧痛得忍不住咳了起來。

「再給妳一次機會，」他說，「妳叫什麼名字？」

「聖母馬利亞。」

「是誰訓練妳的？」

「聖靈。」

手起手落，戈碧痛得大聲哀嚎。

「你他媽的王八蛋！」我忍不住朝他怒吼。「給我離她遠點。」

他胸腔附近發出咕嚕咕嚕的微細聲響，彷彿連呼吸都很費力。「這裡應該有妳的籠子才

對，」他說，「妳的朋友也有，」手電筒的光束霎時打在我臉上，刺得我什麼也看不見，

「但他看起來似乎根本不值得關。」

「他什麼也不知道，」戈碧連忙說。

他拖著條鐵鍊，轉身朝她走去。「妳是在跟我說話嗎，吉普賽人渣？」

「我說——」

啪！他使盡全身蠻力，狠狠一掌打了下去。我還是沒看見他打的是什麼部位，但是從戈碧淒厲的慘叫來看，鐵定比剛才那掌更痛。

「沒問妳就給我乖乖閉嘴，」他的語氣又變了，變得急促銳利，很有威嚴，就像馴犬師在教訓一條怎麼教都教不聽的狗一樣。這個轉變忽然令我火冒三丈，對他恨得牙癢癢的，暫時忘了恐懼和理智。「懂不懂？」

「我又不是白癡，」戈碧反嗆他一句。

「今天晚上妳真是夠笨了，」他說，「妳以為我們會毫無準備地讓妳橫行無阻嗎？」

戈碧沒有答話，默默抬著下巴，桀驁不馴地死瞪著他。

「是誰派妳來的？」

她沒有任何反應。

「我有個問題要問妳。」他又舉起手，但這次手裡還握著鐵鍊。他的手慢慢滑過戈碧的嘴，沾滿黏稠的鼻血之後，往上抹過她的臉和頭髮。「那些消息是誰給妳的？」

戈碧依然沒有回答。我緊張得直吞口水。

「這位先生，你聽我說。」我終於忍不住了。

他拖著沈重的腳步轉身望向我。這次他沒有把手電筒抬高，讓我第一次有機會見到他的廬山真面目。他的臉又圓又肥，粉紅皮膚上沒有一丁點毛髮，就像是在主日學校教書的老師，不起眼到了極點，而這反倒讓我覺得毛骨悚然。乍看之下，他的年紀大概和我爸差不多，或許大個幾歲，但鬆垮垮、毫無任何特徵的皮膚和那雙死魚般的眼睛，讓我實在猜不出他真正的年紀。你很難看出他和蠟像有什麼不同，也像是上了老妝的年輕演員，就算要說是一具防腐處理得不太專業的屍體也沒啥不可。

「我爸是律師，」我說，「如果他知道我在這種鬼地方的話，只要你肯放我們走，不管什麼條件，他都會答應。你如果願意讓我打個電話給他，我保證大家都能皆大歡喜。」

聽了之後，他依然死人一樣瞪著我，表情沒有一絲變化。他手裡那一節節鐵鍊叮叮噹噹，聽來好不清脆。

他要扁我了，我心想。就像他修理戈碧一樣。他準備要用那條鐵鍊來打我的臉了。

這時，他竟默默轉身，彷彿聽見地下室某個角落傳來聲響，卻找不出是什麼東西。

「是誰派妳來的？」他問戈碧。

「是我自己要來的。」戈碧說。

「訓練妳的人是誰？」

戈碧用立陶宛話嘟囔了幾句，上半身忽然往前傾，朝他臉上吐了口口水。

他被吐了口水之後，僵在當場一動也不動。我看苗頭不對，準備開口求他放戈碧一條生路。只要他願意饒了我們，要什麼我都會答應他。

然而，他卻只是默默放下鐵鍊，輕輕嘆了口氣，抹抹臉，就這樣轉過身上樓去了。

「嘿。」我目不轉睛地望著她。「妳還好嗎？」

這個問題蠢到極點，但除此之外，我還真不知道該怎麼開口，我甚至不覺得她會有任何回應。然而，出乎意料的是，幾分鐘之後，她抬起頭朝我的方向看來。我在潮濕的黑暗中屏氣凝神，聽見她拖著腳步慢慢朝我靠近。

「派瑞，我要你仔細聽我說，」她的聲音低沈而急切。「你有在聽嗎？」

「有啊。」

「剛才那個人叫史拉文。」

「妳還真的認識他啊？」

「只是聽說而已。他馬上就會下樓開始折磨我了。」

「那他剛才在幹嘛？」

「沒幹嘛。只是扮家家酒而已。」

「他會怎麼折磨妳？」

「可能會先拔我的指甲暖暖身。我希望你能準備好。」

「準備好什麼？」

「逮到機會拔腿就跑，千萬別回頭。」

「妳是要我把妳扔在這裡，好讓他把妳的指甲全拔光嗎？」

「也有可能是牙齒，」她說，「這些都是他的拿手絕活。據說他以前在羅馬尼亞的時候是牙醫，現在專門拿錢替人嚴刑逼供。」

「他問的東西，妳為什麼不直接告訴他算了？」

「我不喜歡別人對我動粗。而且，不管誰用武力來威脅我，我絕不善罷干休。」她遲疑了一下，接著說：「我想我最後一定會死在他手裡。」

「為什麼？」

「沒為什麼，他就是會這麼做。」

凝重的沈默襲來。水管上的漏水答答答地打在地上的水窪裡。她的傷勢一定非常嚴重，但她卻隻字不提。

「八十五街的那個人妳解決了嗎？」我問。

她點點頭。「我回到車上的時候，你已經昏迷不醒了。那兩個人早就埋伏好在車裡等我，等我發現時已經太遲了。」

「對不起，」我深感愧疚。

「為什麼這麼說？你也無能為力啊。」

「不，」我說，「我應該更機警一點才對。」

「你已經盡力了，派瑞，」她安慰我，「假如你是機警的戰士的話，那我就是如假包換的交換生了。」

靜默一分一秒蔓延，漸漸不再凝重，那感覺就像是你在野外過夜，另一個人已經好久沒出聲了，只留下四周的聲響陪著你。

「戈碧——」

「我原本打算什麼也不讓你知道，」她淡淡地說，「但我覺得該是時候了。我會把一切一五一十地告訴你。」

「我看了妳放在包包裡的那張照片，」我說，「照片上除了妳之外，還有另外一個小女孩。她應該是妳的妹妹吧？」

「沒錯。」

「她叫什麼名字？」

「戈碧佳。」

「什麼？」

「她是原本的那個戈碧佳。」

「已經死的那個？」

戈碧默默點頭。「五年前，她和我一起在捷克自助旅行。某天晚上，她在酒吧裡遇見一個男人，後來就跟他回他住的旅館去。那天晚上我很累，所以沒有跟她一起出門。」她的聲音不像剛才那麼緊繃，卻透著深深的懊悔，彷彿陷入在遙遠的記憶中無法自拔。「當時要是我跟著她一起去酒吧就好了，事情便不會演變成現在這個局面。可是，說這些都太遲了，那天她出門後，就再也沒回來過。」

「後來她怎麼了？」

「立陶宛警方完全搜尋不到任何蛛絲馬跡。我透過私人管道陸續取得一些證據，發現她被人蛇集團賣到了美國來。那些人口販子為了控制她，甚至還給她打了大量海洛因，讓她染上毒癮。」

我想說些什麼來安慰她，卻找不到合適的話。

「所有人都勸我不要再追下去，」戈碧繼續在回憶中探索，「他們一再警告我，我要對抗的組織太強大了。但我根本不在乎。他們還說，我會連自己的命都賠進去。但我依然不為所動。假如不回來替我妹妹報仇雪恨，我這一生將沒有任何意義可言，這一點我比誰都清楚。然而，當我總算找出是誰把她賣到美國來的時候，已經太遲了。她已經死了。」

我打算開口安慰她，喉嚨卻出奇的乾，甚至連吞個口水都有困難。胸口緊繃，痛得難受，如果不說些什麼，或至少試著說些什麼的話，恐怕只能眼睜睜看著它炸成碎片。

「是她嗎？」聲音聽起來像是另外一個人在說話。我又試了一次。「在布魯克林慘遭滅口的那個人就是她嗎？」

「沒錯。」

「而妳以她的名字回到美國，」我說，「來替她報仇雪恨。」

戈碧吁了口氣。「事情遠比這複雜得多，沒那麼單純。」她說。「但你可以這麼說。首先，我得找到武器，還得進行必要的訓練，才能懲罰那些應該負起責任的人。」

「是那個叫聖母馬利亞的人幹的嗎？」

「其他人也有份，但他是主腦。40/40俱樂部、金融區那棟大樓，還有八十五街的這三個人全都有份。不過，把她帶來布魯克林、害她最後喪命的人是聖母馬利亞。對那些為了錢而買賣人口的人來說，聖母馬利亞也可以說是他們的銀行，是他們把髒錢漂白的合法管道。發現這當中的關係之後，我花了三年的時間訓練，為的就是今晚，因為只有今晚我所有的目標才會同時出現在紐約。」說著說著，她的肩膀忽然止不住地顫抖，淚水潰堤而下，模糊了兩頰上的血跡。「我妹妹是被當作奴隸帶到這個城市來的，」她語帶哽咽繼續回憶，「最後幾個月，她像是塊爛肉一樣被人蹂躪，後來有人花大錢想看人把一個女孩的喉嚨活活割斷，才結束了她短暫的一生。那種對生命的踐踏不是你能想像的。」她倒抽一口氣，泣不成聲。「只有親手殺了這些人，才算是真正替她報了這個血海深仇。」

「戈碧，我真的很抱歉。」

「就是聖母馬利亞，」她說，「下令殺死戈碧的人就是他。」

「妳到底叫什麼名字？」我問。

「珠珊，」她答道，「珠珊•札克索斯卡斯。但我現在是火神戈碧佳。」

「我能幫上什麼忙嗎？」我問。

「讓我把一切燒成灰燼吧。」

26

請以某次你參加過的團隊活動為例，說明你在其中的貢獻。（肯尼恩學院）

腳步聲再次響起，不疾不徐地走下樓梯，好像準備進行例行事項的工人一樣，絲毫不擔心時間不夠用。不過，這次史拉文手裡多了一個工具箱。他把工具箱放在戈碧面前，蹲下來，打開扣環，拿出一把不鏽鋼鉗。鑰匙叮噹作響，我看著他把手伸到戈碧的椅子後面，緊張到連呼吸都忘了。然後，鎖頭喀啦一聲打開，史拉文彎著腰，把戈碧的右手從她背後拉到面前。

「快告訴我，妳是誰，是誰派妳來的。」

戈碧用立陶宛話說了一長串很複雜的話。

史拉文嘆口氣說：「我聽不懂妳在說什麼。」

「我說，你該下地獄去見你媽，生生世世舔她屁股舔個夠。」

史拉文勉強擠出一聲笑，笑聲聽來很做作，像是要壓抑心中的怒氣但沒有成功。過了一陣子他總算開口了，聲音聽起來很緊繃，遣詞用句也很正經八百。

「妳真勇敢，」他抓著她的手說，「等我把妳的指甲拔出來，看看妳還能多勇敢。」

「來啊，」戈碧說，「我已經死了，什麼都感覺不到。」

史拉文一聽，像隻飢腸轆轆的餓虎笑得可開心了。「那我們就來試試看。」

他彎腰準備去拿鉗子。戈碧看準時機，膝蓋用力一抬，砰一聲正中他的臉，史拉文整個人倒栽出去。戈碧趁機抽出藏在皮靴裡的利刃，刀光一閃，只見他一臉詫異，抓著鮮血噴湧而出的喉嚨，跌跌撞撞地往後退，沒退幾步就被放在地上的工具箱給絆倒，倒在那一條條懸在半空中的鐵鍊裡，乒乒乓乓摔成一團，只剩半截穿著皮衣的身體還露在外頭。鮮血在他腦袋後面積了一大攤，慢慢往排水孔蓋的方向擴散。

戈碧躍過史拉文的身體，三個起落，羽毛般不費吹灰之力的來到我面前。她把鑰匙插進手銬，輕輕一轉，讓我重獲自由。

她不發一語，立刻轉身上樓。

我也跟了上去。

27

哪些人對你的個人發展影響最深遠？影響層面又有哪些？（卡爾頓學院）

樓梯頂端的門還留著一道細縫。

我越過戈碧往門裡望去，發現三個人坐在一間大型專業廚房裡，四周圍繞著不鏽鋼餐具櫃和儲物箱。空氣中透著陳年肉汁和罐頭番茄醬的味道。廚房裡漆黑一片，只有牆上的平面電視透著些許微光，播放的是一部低成本的亞洲功夫電影，大概是一九七〇年代拍攝的，不但英語配音很糟，畫面也濃豔過頭。

就著電視的光線，我認出其中兩個人是淚眼煞星二人組。淚眼煞星的伙伴坐在一張不起眼的木頭桌旁，默默抽著菸，表情又悶又累。他頭上抹著髮膠，看來像是動作片的演員，說不定曾經替許多好萊塢B咖演員當過替身。

牆上的時鐘指著凌晨兩點十五分。

淚眼煞星百無聊賴地翻看著一本汽車雜誌，他伙伴的目光則一直盯著螢幕上的電影。兩人始終不發一語。第三個人是個女人，骨瘦如柴，穿著短裙和破絲襪，油膩無色的頭髮盤在頭頂，東一根、西一根散著，開始有點崩盤的跡象。她晃過電視前面，螢幕上的藍光透過迷濛煙霧，照亮了她深刻的輪廓。她的眼神呆滯，透著一種失眠者般的木然，不是長期嗑藥的結果，就是長年被人虐待之後拒絕再有任何一絲感受。她轉身從櫥子裡拿東西時，我發現她手臂上有條蛇的刺青，刺得不是很專業，長長的蛇從手臂一路往上，到了肩膀附近忽然變成一種帶著狼頭的動物。我忽然想起戈碧她妹妹的遭遇，霎時感到萬分疲憊，看不見一絲希望。她背對我們，跛著腳替他們兩個倒飲料。

我往前靠想看清楚些，腳下的階梯竟突然嘰了一聲。

戈碧沒回頭，立刻伸手擋在我胸前，要我別再亂動，可惜已經太遲了。聽見聲響後，那女人立刻轉頭，目光正好不偏不倚地正對著我們，滿臉緊張表情。

她看著我們，一聲尖叫脫口而出，聽來像是在叫：「茶！」

淚眼煞星雙人組連忙站起來，繞過桌子準備拿武器。

戈碧立刻採取行動。

我不清楚究竟是怎麼回事。上一秒鐘她明明還在我面前，下一秒鐘卻有如閃電一般竄到二十呎外，把淚眼煞星的手臂扳到背後，一手鉗住他手腕，一手把他的臉緊緊壓在桌上。玻璃杯被撞得東倒西歪，酒瓶掉在地上碎成一片。那女人嚇得不停尖叫。桌子另一邊的髮膠男此時已經拿槍對準了戈碧。戈碧眼看情況不妙，一手把淚眼煞星甩到面前當成人肉盾牌，另一手伸進他的長外套裡，掏出一把可以單手操作的短機槍，也對準了對面的髮膠男。

哐啷一聲巨響，四射的火光把廚房照得亮晃晃一片。

戈碧把淚眼煞星扔在一旁，將桌子往前一踢，手輕輕一抬，牢牢壓在女人的腿上，讓她動彈不得。然後她沒再多理會那個女人，彎腰撿起掉在地上的短獵槍，對準髮膠男的胸口。激烈的槍響讓我的耳朵暫時失去了聽覺，就算四周有什麼聲音，我也聽不見。接下來的幾分鐘，我彷彿成了貝多芬，置身某種全然寂靜無聲的國度裡。

戈碧的嘴唇在動。髮膠男的嘴唇也在動。戈碧不知又說了些什麼。髮膠男搖搖頭，答了幾句。戈碧往地上瞥了一眼，抓起一支手機，塞進髮膠男手裡，前前後後，槍口始終對準他的腦袋。

髮膠男拿起手機，撥下號碼。

他說了些話。

然後他把手機還給戈碧。戈碧點點頭，在手背上寫下幾個字和號碼，應該是某個地方的地址。

然後，她把槍口再次對準他的腦袋，毫不遲疑地扣下扳機。

戈碧右手握著自動手槍，左手擎著短獵槍，要我從門口離開。她嘴裡念念有詞，但我兩隻耳朵依然像是塞滿了棉花一樣，啥都聽不見。幾秒鐘後，她的話才順利透過耳膜抵達我的大腦。

我跟著她跨過一具具屍體，往房間另一頭的門口移動。

「小心有血。」她說。

28

請描述一個最能用來代表你人格特質的地方。（哈佛大學）

「只剩下聖母馬利亞了，」戈碧說。

我們跛著腳往回走。沁涼夜色下，人行道上依舊空無一人，而我還是習慣把她當作戈碧而非珠珊。紐約並未消失，然而，在我們離開的這段時間，它卻悄悄變了樣。夜深沈。人行道旁的河面上，高牆般聳立的濃霧泛著幽光，彷彿昔日廉價公寓的鬼魂，全然不識眼前的停車場和辦公大樓。這是個鬼影幢幢的曼哈頓，歲月交疊，景象也重複曝光。

「這是哪？」

「第十大道。」她氣喘咻咻。

「我不記得有到這裡來啊，」話雖如此，我心底想的卻不是這樣。這根本不是我印象中的紐約——這才是我心底最真實的感受，但在這種時刻說這種話實在很沒意義，於是我的語言中樞便自動把它給刪除了。

「我們得到城市的另一邊去。」

戈碧一個踉蹌，整個人跪了下去，側倒在人行道上。我第一個反應是，她大概又發作了，一轉頭才發現，她胸口有塊血漬。

這時我才恍然大悟，她中彈了。

我趕緊蹲下來，用最輕柔的方式把她翻過身來，仔細檢查右胸底下那片鮮血染紅的部位。皺巴巴的衣服貼在傷口上，擊中她的子彈就在傷口底下。「我們得送妳去醫院才行。」

她搖搖頭。「我沒事。」

「沒事才怪。妳需要看醫生。」

「聖母馬利亞……」

「都什麼時候了，妳還在聖母馬利亞。拖到肺崩的話，妳就死定了。」

「彈頭不是在我的肺裡。」

「妳怎麼知道？妳是醫生嗎？」

戈碧舉起從壞人身上拿來的自動手槍，抬高槍口，對準我的眉心，語氣如鋼鐵般堅定。「我不去。」

「好啊，沒想到妳這麼蠢。如果我死了，看妳還有什麼辦法晃到哪去。」

戈碧拱起脖子，轉頭朝我們背後望去，槍口卻始終沒離開我眉心半分。「扶……扶我起來。我需要……一輛車。」

我把手繞過她的腰，扶她從地上站起來。即便她整個人的重量全壓在我身上，感覺還是出乎意料的輕。前面有一群人朝我們走來，扯著喉嚨又說又笑，鐵定才剛從某間酒吧喝茫了出來。我把燕尾服外套披在她肩上，遮住她滿是血跡的上衣，緊緊摟著她，和那群人擦肩而過。她的呼吸時快時慢，彷彿連吸一口氣都要費上天大的力氣。

「派瑞……」

「幹嘛？」

「伸手到我的褲襪裡去，」她一跛一跛地拐進前面不遠處的一條小巷子裡，伸出一隻手，才剛靠上牆，整個人就體力不支地癱了下來。「伸進去幫我把東西拿出來。」

我跪下來，把手伸進她衣服，順著她的大腿往下摸索，好不容易才摸到一個又圓又硬的東西。拿出來之後，發現是根黃色管子，長得很像螢光筆。

「這是什麼？」

「艾筆注射器。裡頭是腎上腺素。我要你幫我打。」

我把蓋子拿掉。「什麼地方都行嗎？」

「這裡。打大腿。」

我打開注射器，把針管插進她大腿。戈碧眉毛一皺，整個人先僵了一下，然後才慢慢放鬆。藥效快得超乎想像。才一眨眼，她的呼吸就平順了許多，但每口呼吸最後，還是聽得見那咻咻聲。

「好點了嗎？」

「嗯哼。」

「我覺得，妳還是去看個醫生比較好。」

「你最好還是去剪個新髮型比較好，」話還沒說完，戈碧便扶著牆壁，搖搖晃晃地爬了起來。她臉上的氣色好些了，腫脹的眼睛底下，金屬般鋒利的眼神還沒完全恢復，但至少已經有了些生氣，而且十分機警。

「現在就只剩下聖母馬利亞一個了。」她舉起用原子筆寫著地址的那隻手。「任務完成之後，我會自動離開，永遠消失在你的生命中。唯一的問題是，接下來要去的是一棟辦公大樓，我需要通行證才能閃過警衛。」

我看著她手背上的地址：第三大道八五五號。

「妳一定搞錯了。」我瞪著她手上的地址。「這是我爸的辦公室耶。」

她絲毫不覺得訝異。「所以呢？」

「妳早就知道了，」我說。

戈碧停下腳步，回頭看著我。她那雙眼睛依然腫脹，因為腎上腺素的關係，還不時微微抽動。「我費了畢生之力才讓這一切水落石出，你該不會以為挑中你家是個意外吧。哪有這麼巧的事。」

「既然妳早就知道了，為什麼還要打電話問地址？」

她深吸一口氣，再讓氣從兩片腫脹的嘴唇間慢慢呼出來。

「我必須再次確認。夜深了。你要回家……」她舉起寫著地址的那隻手。「還是跟我去那棟辦公大樓？」

我不知道該如何回答。凌晨三點，我站在第十大道和第三十街的路口，失魂落魄，啞口無言，租來的皮鞋黏在人行道上舉步維艱。到頭來，愚蠢至極的我穿著租來的蠢燕尾服，終究只能扮扮王子過過乾癮。這一刻之前發生的一切，只是童話故事裡的麵包屑，帶著我穿過暗夜森林。一路上，我盲目地跟著麵包屑，煞有介事地應付接踵而來的狀況，自以為已經瞭解了眼前的一切，卻只發現自己比想像中的還要蠢上一萬倍。

「你必須明白，」戈碧說，「今晚的一切都是為了我妹妹。為了她，任何事我都下得了手。」她再次舉起自動手槍對準我。「絕無例外。」

我吞了口口水。或許也點了點頭。「如果妳搞錯了呢？」

「我絕不可能弄錯。」

「那是棟律師事務所耶。」

「也是無知的代表。」

「是誰？這次妳要殺的人到底是誰？」

「替整件事洗錢的人。也是這個人眼睜睜看著戈碧佳被帶到這兒來，賣給那些禽獸蹂躪至死，只為了打發一時的無聊。」

「聖母馬利亞。」

「沒錯。」

「他是誰？」

「把你的鑰匙給我，派瑞。」

「什麼？」

「進那棟大樓要用的感應磁卡。在你的皮夾裡，放在駕照後面，前面就是那張你和你妹在迪士尼樂園拍的快照。」

「妳既然知道我放在那裡，為什麼不先拿走？」

「因為會被你發現。你可是個聰明人。」

她在騙我，不用說我也知道。

她轉身望向第十大道，一群群計程車從最後一個紅綠燈朝出城的方向駛去。

我掏出皮夾，拿出感應磁卡交給她。

「很好，」她伸手招了輛計程車，「我馬上實現你的願望。現在你可以回家了，忘了世界上曾經有我這個人。」一輛計程車飛快停到人行道旁。「你不必為接下來發生的事感到愧疚。」

「等等，」我想攔住她，「戈碧……」

她往前輕輕在我唇上一吻，用輕柔的法語對我說：「再見，派瑞。」

「等一下，」我還不放棄。

她未曾停步。

逕自鑽進計程車。

頭也不回地走了。

29

請用三個形容詞來形容你自己，並說明原因。（鮑登學院）

我沒有手機，沒有車，沒有半毛錢。我身上只有一張提款卡、一張電話卡和一張唯有緊急情況才能用的信用卡。我蜷縮在市中心唯一一座還能用的電話亭裡，按下號碼。不用等太久，頂多一聲，就會有人接。

「喂？」

「媽？」

「派瑞。」如釋重負的語氣中，聽得出她依然萬分焦急。「你在哪？」

「媽，我還在紐約，妳聽我說——」

「我和你爸都快急瘋了。」

「爸在哪？」

「他還在市區找你。你還好嗎？」

「媽，妳聽我說好嗎？首先，妳先去找安妮，然後兩個人一起到外面去。家裡現在不安全。」

「安妮已經跟我說過了，」她說，「派瑞，我不知道你想搞什麼名堂，不過這一點也不好玩。想出名也該有個限度吧。」

「什麼？」

「我指的是你的樂團。我知道你希望大家能注意你，不過也不能用這種手段吧。」

「媽，這件事和樂團無關好嗎。」

「喔，是這樣嗎？所以，你今天晚上搞出這些名堂純粹是想找樂子嗎？」

「媽，拜託妳，照我說的去做好嗎。拿著妳的手機，現在就到外面去。」

「派瑞，你知道現在幾點嗎？」

「知道，」我說，「我當然知道。我現在又冷又累，自己一個人三更半夜在紐約市中心，所以我跟妳保證，我知道現在是幾點。拜託妳，先去找安妮，然後妳們一起離開家到外面去，好嗎？」

「你在哪？」

「我不是說過了嗎，我在——」

「我知道，我是指確切的位置。」

「第八大道和第三十三街路口，」我說，「妳問這幹嘛？」

她沈默了好長一段時間。

「我要打電話給你爸，」她說，「你乖乖留在原地別動。」

和我媽通完電話之後，我站在街角一間韓國料理店門口，看著凌晨時分來往的車流。或許過了十分鐘吧。我想起了戈碧和她妹妹，以及這一連串的遭遇。

我想起了我爸。

年紀小的時候，你總覺得自己的爸爸無所不能。除非他有極端暴力的傾向，三不五時毒打你一頓，或是會發酒瘋亂摔東西，不然的話，你甚至會偷偷崇拜他。至少我認識的人當中大都是這樣。他們的形容或許和我不完全一樣，不過，在他們珍藏的記憶中，總藏著某件和爸爸一起做過的事，即便那精彩的瞬間早已遠逝。

八歲那年，我為了參加童子軍舉辦的活動，自己動手做松木賽車。我記得我爸拿出一組我從沒見過的亮紅色「工匠」牌工具箱，幫我把一塊木頭雕刻成賽車，然後我們坐在餐桌旁給它漆上銀藍兩色，車身兩側還漆上了火紅烈焰。完工之後，車子的重量不夠，我們還在底部加上鉛塊，替輪子噴上潤滑劑，經過一番工夫，好不容易才能順暢地滑過整張餐桌。後來我得到第三名，他還很高興地稱讚說：「我以你為榮。」

還記得，我和他一起去緬因州釣魚，我們把小艇開到霧氣迷濛的湖心，天色暗得連浮標都看不見了還不願回頭。

還記得，表哥結婚那天早上，他教我怎麼打領帶。

還記得，國中第一次參加游泳比賽時，他和我媽一起站在看台上替我加油。

還記得，如果早上起得夠早，會聽見他在樓下煮咖啡，然後才悄悄出門上班。

還記得，他第一次罵人的樣子。

號誌再次變化。

夜晚的空氣潮濕而冷冽。沒有手機在身邊，我只知道自己至少在這兒站了十分鐘，但實在不清楚現在幾點了。

我越過第八大道往東而去。

徒步越過市中心到第三大道八五五號那棟大樓，足足花了我三十分鐘。然後我又花了二十分鐘在外頭手舞足蹈，甚至不惜猛敲玻璃，才讓埋首在報紙後的魯弗斯抬起頭來看見我。他把報紙放在一旁，慢慢從座位上站起來，走過偌大的大理石門廳，邊走邊懷疑自己是不是眼花了。

「老弟，」他打開鎖，讓我進門。「你上班的時間還真怪耶。」

踏進門廳之後，我四處張望了一下。只有噴水池水聲淙淙，無休無止地為兩位觀眾喝采。玻璃帷幕中，我滿臉傷痕，襯衫上全是血跡。

「你怎麼了？」

「被人搶了，」我沒多說，「還有人進來過嗎？」

「你是指今天晚上嗎？」他一臉狐疑地打量著我。「只有清潔人員。還有兩個保全，大維和萊恩哈特，他們現在在樓下的控制室值班。」

「沒有其他人？你確定？」

「我整晚沒離開過那張桌子。」魯弗斯朝一旁撇了撇頭。「要叫警察嗎？」

「不，謝了。四十七樓還有人嗎？」

「我猜還有些合夥人在加班。你要去哪？」

我往旋轉門走去，輕輕一躍而過。「上樓去。」

「嘿，老弟，你怎麼可以這樣。你應該要先刷卡呀。照規定來好不好。」

「我不是說我被搶了嗎？」我繼續朝電梯前進。「眼睛記得睜大點。」

「要我看啥？」魯弗斯的聲音從遠處傳來。「你確定不需要我替你叫輛救護車之類的嗎？」

電梯門關上時，他的目光依然緊盯著我。

跨出電梯，迎接我的是靜謐的中央空調走道。四十七樓的燈全被調成最低的亮度。暗影中，只見牆上掛著幾個字：哈瑞特、史塔森與弗利普聯合事務所。我爸以前老是這麼說，有一天，會變成「哈瑞特、史塔森、弗利普與史都麥爾聯合事務所」，包括我們父子倆在內。

透明玻璃窗從地板延伸到天花板，我穿過接待區，遠望窗外市中心的燦爛燈火。冰冷的玻璃上點點水珠凝結，鼻息輕拂之後旋又蒸發。

掃瞄機嗶了一聲，傳真機嗡嗡低鳴，一片沈靜中，只有電器沈睡的聲音。

清潔人員把櫃台打理得一塵不染，好以最光鮮亮麗的一面迎接星期一早晨。上頭擺著某些人的家庭照片、一盆盆栽，還有一台液晶顯示器無休無止地跑著螢幕保護程式。櫃台後方，一面偌大霧面玻璃門隔開了後方的辦公室。

我握住門把，用力拉了幾下。

門鎖著。

我早該料到才對。我深呼吸一口氣，直到此刻，還搞不清楚自己究竟為什麼回到這裡來。我爬上這麼高的地方，在天堂和百老匯之間，到底在期望什麼呢？是我所有疑問的解答嗎？

電梯抵達的聲響從我身後傳來。

電梯門開啟。一連串腳步踏過地毯，倏然打住。

「派瑞？」

我轉過身，發現接待區前方有個人對我瞪大了眼。

「哈囉，老爸。」

30

請描述一個虛幻的角色，詳細說明你喜歡及不喜歡這個角色的哪些地方，並探討這些特質與你之間有何關聯。（威廉瑪麗學院）

「你在這裡做什麼？」他問。「你的臉怎麼了？」

我不動聲色。「你又在這裡做什麼？」

「這裡是我的辦公室啊。」

「現在是凌晨三點耶。」

「你流血了。」他說。「你是碰上了什麼意外嗎？」

「你要這麼說也可以。」

「那，到底發生了什麼事？」

「媽說她要打電話給你。你和她談過了嗎？」

「她可能有打來過，我不確定。」他掏出手機，按下一個按鈕看了一下，然後又收起來。「我的手機沒電了。過去三個小時，我一直在和警察聯絡，只為了要找出你的下落。我到這兒來……」深吸一口氣再緩緩呼出，「是因為我不知道還有什麼地方可以去。」

他往我的方向跨出一步，來到嵌燈底下，但這一次我往後退了一步。

「聖母馬利亞是誰？」

「你說誰？」

「聖母馬利亞。」

「我不懂你在說什麼。」

「放屁。」

「派瑞，我跟你發誓，如果我知道你在說什麼的話，哪怕只知道一點，我也會跟你說的。」

「就像你告訴我瑪德琳的事那樣嗎？」

他沈默了一陣子。

「那不一樣，」他說，「而且都已經結束了。」

「誰信你。」

他縮起下巴，眉毛底下那雙眼睛忿忿地瞪著我，聲音低沈，聽得出相當緊繃。「你最好給我小心點。」

「不然呢？」我的眼睛瞥向外面牆上那幾個名字。「你就不讓我當律師了嗎？你就不讓我在這兒工作，好變得跟你一樣糟糕嗎？」我連珠砲似的說個沒完。「叫我去掃廁所，我還比較開心咧。」

我爸伸出一隻手，打斷我的話。「我知道你喜歡幹那種低賤的事，可惜你沒得選擇。你媽和我已經替你的未來投資太多成本了，不能讓你一時盲目而幼稚的舉動給毀了。」他重燃決心，聲音也隨之變得鏗鏘有力，他好不容易才重新取得身為父母的優勢，絕不會輕言放棄。「跟我來。我要帶你回家。車子和其他事情可以等明天早上再處理。」

「我不會跟你走的。」

「你搞錯了吧，而且是大錯特錯。」

「你少碰我。」

他根本不把我的話當回事，一把抓住我的肩膀和手臂。

「把你的手拿開。」我扭動身體掙脫，想往後再退一步，沒想到卻被門給擋住了去路。我等於被逼進了死角。

「你看看你，」我爸說，「你都快哭了。不要再無理取鬧了。」

「我說了，別碰我！」

我看他又要把手伸過來，二話不說，一拳朝他下巴揮去。

我爸倒退一步，呆滯地對我眨了眨眼，伸手摸了摸嘴唇，低頭瞪著手上被他獨生子揍了一拳之後流下的血跡。當然傷心和憤怒在所難免，卻遠不及此刻他心中的錯愕。那表情就像有個人剛收到通知，從這一刻起，上就是下，而黑就是白。

我們相視無言。

「兩件事，」我說，「第一，回學校後我要重回游泳隊。第二，如果再被我抓到你騙媽的話，我發誓一定會把你扁得屁滾尿流。」

我爸額頭高處微微浮現一絲細微皺紋。「那件事你還沒忘記嗎？」

「你欺騙了我們。」

「你們根本不知道其中的細節啊。」

「我只知道，我再也不能相信你，」我立刻反嗆，「我還需要知道其他的嗎？」

「派瑞，我真的很疑惑。為什麼我好像不認識你了？」

「我也有同樣的感覺。」

我爸的肩膀整個垮了下來。他對著接待區左右看了看，彷彿想起他人在辦公室，這裡通常是個用文明方法相互溝通的地方。

「坐下來，」他改口說，「我們好好談談。」

「現在沒空。」我指著通往辦公室的門。「你有這扇門的鑰匙嗎？」

「應該有。你要幹嘛？」

「我要你替我把門打開。」

「為什麼，派瑞？」

「為了戈碧。」我說。

31

家庭的歷史、文化或環境對你有什麼影響？（佛羅里達大學）

我爸打開門。清潔人員剛把地毯吸得一塵不染，走道兩旁是一間間上了鎖的辦公室，還有幾間貼著橡木壁板的會議室。靜謐中，彷彿連黑暗都緊張得不敢呼吸。

「這裡沒有其他人，」我爸說。

我沒答話。我們繼續向前走，走到盡頭時，我左轉拐過幾台影印機，隨即停下腳步。二十碼外，角落那間辦公室裡亮著燈。我沒回頭，越過幾道辦公隔間，來到那間辦公室門口。

我伸手想轉轉門把，一個聲音忽然從我背後冒了出來。

「抱歉，我能幫你忙嗎？」

我嚇了一大跳，立刻轉身。凡樂希・史塔森穿著白上衣和裙子，赤腳站在我身後。她的臉上幾乎完全素顏，頭髮也放了下來，看起來比我們在電梯裡聊天的時候老了許多，不過，這可能是因為她臉上詫異的表情造成的錯覺。

「菲利普？」她朝我爸望去。「你在這兒幹什麼？」接著她又轉頭看著我說：「你們在幹嘛？到底發生了什麼事？」

「我……」我爸無奈地搖了搖頭。「很抱歉，凡樂希，我真的是狀況外。」

凡樂希往後退了一步，看看我身上那套血跡斑斑的燕尾服，又瞄了一眼我爸腫脹的嘴唇。「你們兩個看起來好嚇人喔。沒事吧？」

我爸點點頭搶著說：「派瑞……」我猜他一定會說：剛才派瑞和我在討論什麼叫作負責任。再不然就是：派瑞三不五時就會暈眩，剛才又發作了。還有另外一種可能是：派瑞似乎不太有辦法分辨真實和幻象間的差異。

沒想到，接下來他說的竟然是：「派瑞問我認不認識一個叫聖母馬利亞的人。妳聽得懂他在說什麼嗎？」

凡樂希皺起眉頭盯著我。「聖母馬利亞？」

「沒錯。」

「不懂，我想我不懂他的意思。」

「還有其他人在這裡嗎？」我問。

「沒有。」

「妳怎麼知道？」

凡樂希的表情起了些微妙的變化，我也說不上來哪裡不對勁，畢竟我對她所知不多，只覺得似乎比剛才更困惑了，而且還帶著一絲敵意。

她看著我爸。

「菲利普，我可以和你私下在我辦公室裡說幾句話嗎？」

「當然，」他說。

「不行。」我抓住他的手腕。「別聽她的。不要和她進去。」

這麼一來，他們兩個都睜大了眼睛瞪著我。凡樂希更是刻意與我四目相接。「可憐的孩子，他看起來真的累壞了。派瑞，雖然我只聽了一點點，但你們今晚的表演還真的滿棒的。你說得沒錯，你們的樂團真的很讚。不過呢，可能要考慮換個人來管管燈光比較好。」

我的眼神緊鎖住她。

「就是妳。」我說。

「你說什麼？」

「聖母馬利亞就是妳。」

凡樂希略微遲疑了一會兒，然後才帶著僵硬做作的微笑對我說：「老實說，這些年來我有過不少外號，但你是第一個用哥倫布的船名來叫我的人。如果真要說，你不覺得妮娜或萍達這兩艘船名比較適合我嗎？」（註：這些是哥倫布當年出航時所駕駛的三艘船。）

「因為戈碧會出現，」我還沒放棄，「所以妳今晚才會到酒吧來。」

「抱歉，」凡樂希說，「我真的——」

「妳為什麼要幹掉她妹妹？」

「我敢向你保證，今天晚上我唯一幹掉的東西是一瓶制酸劑，而且還是因為喝了太多咖啡的緣故。」

「妳還替他們洗錢。就是在這裡幹的。妳就是他們的銀行。」

「麻煩你再說一次？」

「派瑞，」我爸終於忍不住了，「你真是夠了。」

凡樂希臉上依然掛著相同的笑容。「看來好像有人不想拿哥倫比亞大學的推薦信了。」

「爸，千萬別跟她進辦公室。你對我多生氣我都不在乎。只要你高興，甚至可以罰我禁足一輩子，我們趕快離開這裡。」

「派瑞，你別鬧了好嗎？」

我正準備攔他，他卻搶先一步閃了進去把門鎖上。有那麼幾秒鐘，裡頭沒有半點聲響。後來他們開始談話，最先是凡樂希，語氣平靜，思緒清晰，後來換成我爸，然後凡樂希又提高分貝反駁。我湊到門邊，想把門打開，裡頭卻上了鎖。我爸開始大吼大叫。我聽見他喊：「妳說的是什麼屁話？那是什麼意思？」

忽然傳來一聲悶響，像是有家具傾倒了，緊接著好像有一大疊書摔落地板。裡面有人猛扯門把，但怎麼扯就是打不開。

「爸！」我扯著喉嚨大吼。「快開門啊！」

一秒鐘之後，槍聲大作。

32

有時候，事情發展正如我們所預期，並不值得高興。你是否曾經正確預測某件事情，之後卻希望結果不如你所想的？請與我們分享。（芝加哥大學）

關鍵畫面一：

我爸手抱著肚子，踉蹌著腳步一步步退出辦公室，倒在影印機和一旁的辦公室隔間之間。燕麥色的地毯上鮮血四濺，頗有抽象畫的味道。

關鍵畫面二：

凡樂希淡定如常，一步步往前，準備再補上一槍。

關鍵畫面三：

我飛身一撲想抓住她的手，她抬起手肘，一拐子正中我的眼窩。

我險些跌倒，連忙抓起我爸，使盡全力，把他往我們剛才來的方向拖。

身後又是一聲槍響。

前方的玻璃門應聲粉碎，門後的接待區近在眼前。

關鍵畫面四：五十呎外的電梯門緩緩打開。

然後——

戈碧出現。

我趴在地毯上，轉頭朝我爸望去。數不清的子彈掠過頭頂，把牆壁、家具打成了馬蜂窩，玻璃碎裂一地，檯燈支離破碎，連桌上的電腦都被轟到了地板上。我左邊的凡樂希•史塔森連忙轉身，朝戈碧進來的電梯和門口方向掃射。椅子和沙發靠墊被轟得肚破腸流，一大團、一大團的填充物騰空飛撒。木製家具的碎屑四濺，劃過臉旁，卡在頭髮裡。

槍聲又把我給震聾了，但我依然感覺得到槍響的震動。漫天煙硝彷彿有毒，刺得我眼淚直流，連舌頭上都有種碘酒被弄髒的味道。我躲進一張桌子底下，發現我爸把頭埋在膝蓋裡，縮在另一個角落。我連爬帶滑奔了過去。

「爸？」我喊得連喉嚨都隱隱作痛，卻依然聽不見半點聲音。「爸？爸？」

我爸抬起頭，臉上寫滿惶惑和恐懼。我細看了一下他肚子上的槍傷，還好只是皮肉傷而已。子彈劃過之後，留下一道淺淺的彈痕，血卻依然不止。

「我們必須要離開這裡！」我在無聲中吶喊。「爸，我們要——」

一個不知是滅火器還是螢幕的東西破空而來，飛過我面前，砸在地板上，擺明了是要我的命。忽然有隻溫熱的手抓住我的手腕。滾燙的金屬硬往我耳膜裡捅。抬頭一看，凡樂希•史塔森鮮血淋漓的臉竟出現在眼前，惡毒地瞪著我，從嘴型來看，大概是要我起來。

我還來不及反應，她早已失去耐心，硬是把我往前拽，拖過滿地碎玻璃和漫天煙硝，再一手掐住我脖子，擋在她身前當作盾牌。

無聲的震波一陣陣傳入耳中。我依稀聽見有人在大叫，頭一抬才發現，戈碧就在我眼前二十呎以外，手裡擎著剛才在第十大道上搶來的短獵槍和自動手槍。

她像是剛掉進血池一樣渾身浴血，連肩上飄動的糾結秀髮也沾滿血跡。鮮血淋漓的臉彷彿戴著面具，眼神冷冽肅殺如剛鑽。

我是死神。

「警察就快到了，」身後的凡樂希扯著喉嚨大喊，「這下子我看妳還能往哪兒逃。看到律師和他兒子的屍體之後，他們一定會以為是個精神有問題的立陶宛女孩幹的。我乾脆現在就給妳一個痛快好了。」

戈碧咧起嘴，露出被毒打後缺了牙的笑。她說了幾句立陶宛話。

然後，對著我開了一槍。

33

你是否有過椎心刺骨的經驗？你又從中學到了什麼？（波士頓學院）

子彈擊中我膝蓋下方，小腿肌肉外圍被打穿了一個洞。我被擊中的那一瞬間，凡樂希立刻放手，把我往前推。我就這麼栽了下去，臉砸在地板上，痛得我連叫都叫不出來。

其實叫不出來也沒差，反正沒人聽得見。我那兩片快報銷的耳膜依稀感覺到微弱的震動，猶如上個世紀燦爛煙火的餘波。戈碧背後的電梯門再次打開，一大群不知是警察還是保全人員衝了出來。他們臉上的表情就和任何一個闖進槍林彈雨中的人一樣。大概過了三秒鐘，才躲到附近的沙發後面保住了一條小命。

「放下！」其中一個警察大喊。「把槍放下！」

戈碧鳥都沒鳥他，依然大剌剌地站在我面前二十呎的地方，用自動手槍對準了我，好讓他們看個仔細，另一支短獵槍則垂在她身旁。她舉起空出的手，好整以暇地抹去臉上的血跡。

「妳打中我了，」我說。

「**立刻把槍放下。**」

戈碧還是不鳥他們，慢慢朝我走來，彎腰湊到我耳邊。

「派瑞，」她說，「今晚我玩得很開心。」

「我真的搞不懂妳耶。」

「我非開槍射你不可。」

「為什麼？」

「這樣你才不會礙到我。」

我用一隻手把身體撐起來，扭頭一看，才發現凡樂希•史塔森垂著頭倒在櫃台邊，一隻手掛在身體後面，模樣有點彆扭。她依然睜著眼，看來彷彿一隻慘遭蹂躪的天鵝。左胸的彈痕上，一縷硝煙繚繞而上。

「**馬上把槍放下！**」

戈碧依然凝視著我，二話不說，直接用自動手槍抵住我胸口。「你得站起來。」

「我站不起來啊。」

「站不起來也得站。我撐不住你的體重。」

「現在說這個也未免太遲了吧……誰叫妳要打我的腳。」

「別鬧了，派瑞。拿出你的男子氣概來。」

她把我拉了起來。我拄著自動手槍的槍管當枴杖，用正常的那隻腳一撐，還真的站了起來，真是太神奇了。疼痛的程度不如我想像中的嚴重。我們兩個就這麼一拐一拐地往前走，經過沙發時才驚覺，有兩個拿槍的警察躲在後面，槍口早已對準了我們。

「放開他。」

戈碧搖了搖頭。「我要帶他走。」

「小姐，一樓大廳有將近五十個警察在等妳，就算妳有天大的能耐，也絕不可能活著離開的。放他走吧。」

戈碧二話不說，轉身開火。接待區西面是一整片拋光玻璃窗，在自動手槍猛烈掃射下，窗玻璃裂成大小不一的碎片，迎來外頭六百英尺高的夜空。沁涼晚風撲面而來，把碎片和文件吹得滿天飛騰，消失在深沈的黑夜裡。才一轉眼，我們已經不在室內，而是到了室外，成了腳底下曼哈頓的一部分。

戈碧又給了我一個缺牙的笑。「你相信我嗎？」

「妳在開玩笑嗎？」

「你能跳多遠？」

我不敢相信我的耳朵。「什麼——？」

她把我拖過接待區，一步步往轟爛的窗戶靠近，而抵著我肚子的槍口始終沒移動過半吋。陣陣強風拍打著燕尾服，吹亂了我的頭髮。中彈的那條腿像是火在燒一樣。身後那兩個警察還是一次又一次地喊著和剛才同樣的話，他們受的訓練就是這樣，就算局勢每下愈況，還是不能停止喊話。

我已經看到地板的邊緣了，一探頭，我嚇得大叫：「打死我也不幹！」

「我們沒有別的選擇。」

「妳只是在開玩笑，對不對？」

「我是認真的，派瑞。」

「我不跳。」

「不跳的話，就只有死路一條嘍。」

我對著懸在四十七樓高空的大洞撇了撇頭。「往下跳就有辦法活嗎？」

戈碧用手肘推了我一把，霎時間，我真的感覺到外頭的虛空像是要把我吸出去一樣。同一時間我才依稀聽見某種轟隆巨響，好像有個龐然大物正在靠近，遮住了街道上的燈火。它比我爸還巨大，也比上大學還巨大。生命的盡頭彷彿一直都在這裡等著我，而死到臨頭的這一刻，卻連怎麼面對也由不得我。

大樓外頭，高亢的渦輪聲轟然而至，一架直升機青天霹靂般出現在我眼前。

「準備好了！」戈碧大喊。

高處的直升機朝我們傾斜而來。

戈碧緊抓住我，奮力一躍。

34

如果你只剩下一天可以活，你會怎麼過？並請說明原因。（南加大）

我們哐的一聲跌進機艙。

雖然沒聽見這聲巨響，但我立刻發現墜勢已經停止。我側身滾過地毯上一個接一個的突起物，每一次碰到受傷的腿，都痛不欲生。我沒死命尖叫，是因為我沒有呼吸。再等等。

等我總算吸進第一口氣時，空氣裡有種皮革混合著柴油廢氣的味道。在嵌燈微弱的照明下，我發現左右兩側各有一面彎曲的牆壁和四張米黃色座椅，座椅上還有安全帶和杯架。我再次回望那棟大樓，朦朧夜色中，破碎的窗戶早已被我們遠遠甩在身後。機艙門關上後，所有聲音頓時變得模糊而低沈，獨留螺旋槳霍霍霍地在胸中迴盪。

我抬起腿，雙手緊緊壓住被血濡濕的褲子，費了好大一番工夫，才爬進戈碧身旁一張桶型包覆式座椅上。戈碧屈著身體，望著另外一邊的窗外。我戳戳膝蓋試了試。至少血已經停了。只有膝蓋骨外頭留著一道淺溝，儘管我這輩子從來不曾這麼痛過，連五年前某天半夜食指忽然裂開也沒這麼痛，但我想應該撐得下去才對。我把腿慢慢伸直，繃緊全身，準備經歷世界末日般的劇痛。怪的是，世界好像沒有因此毀滅。

我往前靠，發現亮晃晃的駕駛艙裡坐著一名駕駛，立刻轉頭朝戈碧望去。

「誰在飛這玩意？」

我身旁那坨東西沒有任何反應。

「戈碧。」

我看她既沒回答，也沒挺起身子，便伸手在她手臂上稍稍用力掐了一把。她輕輕咳了聲，睜開那雙矇朧碧眼，隔著一綹血乾了之後僵硬的頭髮望著我，眼神迷濛而呆滯。她呼吸時，肺部發出一種怪聲，就像你拿起一條水管，使盡全力想把裡頭堵塞的東西吹乾淨一樣。

接著，她彷彿認出我在她身邊，忽然笑了起來。

「派瑞。」

「妳還好嗎？」

「還不賴。」她點點頭。「只是覺得很累而已。」

「是啊，」我說，「連胸部中彈了，妳也只是覺得有點累而已。」

「傷勢又不嚴重。」

「放屁。」我凝神傾聽，不說話的時候，她咻咻氣喘的情況變得更嚴重了。「戈碧——」

「我不會有事的，派瑞。我在電梯裡又打了一劑腎上腺素。以前我還碰過更糟的情況。」

「戈碧，聽我說。妳不能老是靠著腎上腺素硬撐。現在妳需要的是完善的醫療照顧。」

「我會的。先等我們抵達終點再說吧。」

「我們要去哪？」我望向腳下星羅棋布的曼哈頓街道。「不用想也知道，這輛直升機不可能一路飛回立陶宛。」

「駕駛是我朋友。為了以防萬一，所以我事先做了這個安排。他會載著我們安全地離開這裡。」

「到哪去？」

她眉頭緊皺。「你為什麼老是要問一大堆問題呢？」

「學校的指導顧問跟我說，這代表我有一顆好奇向學的心。」

「派瑞？」

「幹嘛？」

「你會不會……」——又是一陣咻喘——「恨我？」

「恨妳？」我眨了眨眼。「只因為在畢業舞會的晚上，妳拖著我跑遍全紐約，強迫我陪妳殺了五個人，最後還賞了我一槍嗎？」我一口氣說了一大串。「我為什麼會恨妳？」

「我們可以試著重新開始。」

「我想現在已經有點太晚了。」

「很抱歉把你爸也拖下水。」

「子彈只是擦過他而已，很快就會好的。」我再次低頭，看了看膝蓋，不願去想她連呼吸都得費上九牛二虎之力。「我猜，我們都已經算是不幸中的大幸了。」

戈碧沈默了好長一陣子。我們越過長島海灣往北飛，曼哈頓炫目的燈火慢慢消失在遠方。空調系統送來陣陣暖氣，我只覺得全身鬆軟，一吋吋慢慢癱在座椅上。腎上腺素消退後，忽然湧現的疲憊滲入了每一個細胞，一點一滴蠶食鯨吞著我的意識。

「老實說，派瑞，」戈碧的聲音聽起來離我好遙遠。「無論如何，我都希望你這一生心想事成。這是你應得的。」

「喔，」我應了聲，把頭轉開。「謝啦。」

「我是認真的，派瑞。今晚的任務很艱巨，而且只許成功不許失敗。如果沒有你的話，我一定沒有辦法順利達成。」她用手輕撫我的臉，那隻手掌又冰又黏。「我妹妹也一定會感謝你的。」

「第一個戈碧佳嗎？」

「沒錯。」

我把額頭貼在冰冷的玻璃上，左右滾了幾次，希望腦袋能夠清楚些。我告訴自己，你一定是瘋了才會這麼想。我試著把想法轉換成語言，在心底念叨著，逼迫自己聽聽有多荒謬，可惜效果不佳。如果不大聲說出來，我恐怕會遺憾終生。

「戈碧。」

她吸了口氣，發出咻咻聲響。「幹嘛？」

「我實在不敢相信自己會有這種想法，不過……我想我可以繼續當妳的人質。」她臉色蒼白，冷汗直流，聽我這麼一說，猶如絕處逢生，一道眉毛微微一挑，露出難以置信的滑稽表情。「你是什麼意思？」

「妳可以趁我還在這裡，利用我幫妳脫身。只要拿槍抵著我就行了。」我對她身旁那支短獵槍撇了撇頭；跳上飛機之前，她一定是把另外那支自動手槍留在了辦公室裡。「妳現在還有一把槍。警察如果覺得妳可能會殺我，就不會貿然地攔住妳。然後，等妳上了……飛機或其他交通工具之後，再放我走就行啦。」

「你真的很好心。」她說，「不過，我不會有事的。」

「才怪。」

「相信我。」

「我不想再聽見這句話。」

她面露微笑，往後靠在椅背上。直升機繼續飛行，我覺得眼皮越來越沈重，疲憊感排山倒海而來，讓我全無招架之力。昏暗的光線和轟隆的螺旋槳交織成一幅抽象畫，意識朦朧中，時間一分一秒地消逝。

我忽然驚醒。

直升機正緩緩下降。

「我們在哪？」

戈碧的身子往前傾，聲音甚至連沙啞都稱不上。「你自己看。」

往下一瞧，我看見了我家。

35

你是不是覺得我們可能沒發現你具備某些特點？請利用以下的空間讓我們更瞭解你。什麼特點都沒關係。發揮你的創意盡情享受吧！（哥倫比亞大學）

由上往下看，我家附近是一片紅藍相間的緊急警示燈海。州警局的巡邏車從家門口一路排到了馬路上。現在是清晨四點半，左右鄰居在浴袍外隨手披了件外套就跑了出來，一個挨著一個站在院子裡。草地上甚至還看得見幾輛採訪車。

「我們在這幹嘛？」我問。

戈碧沒理會我。她對駕駛說了些立陶宛話，直升機開始低空盤旋，強風把底下的白楊和灌木叢吹得左搖右擺，剛發芽的嫩葉禁不起折騰，紛紛被吹到鄰居家去。起落架附近的探照燈亮起，打在我家屋頂上。我這才發現，甚至連屋頂的瓦片有些也被吹飛了。

燈亮之後，我才看清楚底下站了哪些人：有總是抱怨地界線的多伯納克先生，還有每次都讓他們家的狗跑來我家院子大小便的安格布魯克夫婦，每個人都把手舉在眼睛前面擋光。

「抓緊嘍。」

戈碧打開機艙。霎時間，猛厲而冷冽的夜風撲面而來，我頂不住風勢，不得不往椅背上靠。轟隆巨響中，戈碧緊貼著艙壁，伸手從儲物桶裡掏出一捆帆布，打開後直接往外扔。我側身一望，發現一道繩梯從天而降，垂在離我家屋頂不遠的空中。

「等一下！」我扯著喉嚨大喊。「妳要幹嘛？」

「我要去拆地下室的炸彈。」

「什麼？」

「我說，我要去拆地下室的炸彈。」

「等等，」我說，「說不定——」

她抓住繩梯晃了出去，消失在我眼前。

我站在機艙口看她攀緣而下，戈碧的身影只剩下一個小黑點，在螺旋槳激起的強風中來回穿梭，好不容易才落在我家屋頂上。她慢慢穩住身子，估量了一下眼前傾斜的屋頂，然後腳步輕盈地跑向最近的臥室，打開窗，爬了進去。那是她的房間，是我們挪出來給她住的。離開前，她當然不會從裡頭把窗戶上鎖。

直升機緩慢攀升。我往前拍了拍駕駛肩膀。

「我們要去哪？」

他要嘛是聽不懂，要嘛是選擇不甩我，不過這也沒啥大不了的，因為差不多一分鐘之後，直升機又開始下降，這次降落的地方是我家那一區另外一端的棒球場。即便是在下降的過程中，駕駛依然不發一語。不過，我們落地之後，他指了指艙門，用手比了一個古怪的動作要我離開，我這才想起他究竟是誰。

「摩洛佐夫？」我的聲音壓過了轟隆的引擎。「你是帕沙・摩洛佐夫對不對？」

他轉頭看了我一眼，就是這張老鼠般尖瘦的臉，還有眼窩深處飢渴如電的眼神，就是他沒錯。

「整件事你打從一開始就知情嗎？」

「你說呢？」

「我的指頭差點就被你剁了呢！」

摩洛佐夫左思右想了一番。「不，」經過一番思考後，他總算開口了，「話不能這麼說。」

「如果你知道我從頭到尾都在騙你，你為什麼連吭都不吭一聲？」

「戈碧佳想試探你。她希望她的男人能夠證明他們有多大的能耐，這樣她才能相信他們。」他聳了聳肩。「恭喜你通過測驗。」

「假如我沒通過呢？」

「這你不用管。」他比了比艙門。「出去。」

「你這麼做，都是為了她嗎？」

「世界上愛她的人不是只有你一個。」

「呵，」我大大不以為然，「誰說我愛她了？」

他瞪我的那股狠勁，彷彿我把他家祖宗十八代全給罵遍了一樣。再仔細一看，才發現他雙眼泛紅，臉頰上的皺紋裡閃著一道道銀白光芒。過了一會兒，我才恍然大悟，他其實是在哭。

「出去，」他又重複了一次，我知道我最好照辦。我跳下機艙，穿過棒球場，朝我家的方向跑去。直升機從我頭頂呼嘯而過。直到這時我才明白，他的口音根本不是俄國腔。我聽了一整晚，早該知道才對。

他的口音其實是立陶宛腔。

36

哪一個人，不論其是否還在世，對你的人生造成了最深遠的影響？原因何在？（喬治華盛頓大學）

事發之後，這段畫面在電視台上連續播了好幾個星期，後來我聽人說，畫面很清晰，幾乎到了巨細靡遺的程度。不過，我自己從來沒看過。我根本沒必要看，因為我人就在現場。

我其實沒辦法一路跑回家，但我顧不了那麼多，硬逼自己加快腳步，穿過這一片我從小看到大的房子。我曾騎著腳踏車穿梭其中，挨家挨戶送報，每一個信箱、每一吋人行道，甚至每一棵樹、每一面路標，我都瞭如指掌。好不容易終於回到我住的那條路，街道上的一景一物，甚至連我們家那棟房子，看來都完全變了個樣，好像我是從另外一個人的眼睛看出去似的。感覺起來，我離開家的時間遠遠不止十個小時。

「派瑞？」

我媽從人群中朝我飛奔而來，緊緊把我擁在懷裡。「喔，感謝主。你還好嗎？你的腿怎麼了？」

「說來話長，」我說，「安妮還好嗎？」

「安妮沒事，她人在艾斯班收容中心，我想她應該已經睡著了。」

我轉頭望了望我家那棟房子。「戈碧呢？她出來了嗎？」

我媽臉上閃過一抹詭異的神情，彷彿有些東西她早已察覺，卻直到這一刻才恍然大悟。

「還沒，」她說，「派瑞，你是怎麼從紐約回來的？」

「搭直升機啊。」

「她把你帶在身邊嗎？她到底是誰，派瑞？」

「她只是個普通女孩罷了。」

「安妮說，你告訴她——」

「別管我先前跟安妮說了什麼。我弄錯了。我對她其實一點都不瞭解。」

我媽站在我身邊，默默然，一動也不動。過了好一會兒，她深吸了一口氣，我敢說她一定有話想說，卻又不知如何開口。

「你爸打了通電話給我，說他現在人在貝斯•以色列醫療中心。他們準備替他開刀，但他堅持要院方把他轉到紐約長老教會醫院才同意手術。那傢伙，都這種時候了還那麼固執。」

「嗯哼。」

「現在……」她的語氣中透著幾分激動，越來越有我們平常說話的感覺了。「甚至連進我們自己的家看一看，警察也不准。防爆小組的人來過了，沒發現任何東西，便離開了，現在我倒想知道——」

「等等，」我打斷她的話，「防爆小組在地下室裡沒有任何發現嗎？」

「不只地下室沒有，連房子的其他地方也沒有。」我媽說，「他們把狗和所有裝備都帶來了，後來東西收收又走了，但還是不准我們回屋子裡去——」

「也就是說，根本沒有炸彈嘍？」

「那還用說。」

我轉頭看著房子，好生疑惑。

相信我。

「可惡，」我暗罵一聲。

「怎麼了？」

「沒事，沒想到她只是在吹——」

話還沒說完，轟的一聲巨響，熊熊烈焰從那棟我住了十幾年的房子直沖天際，窗戶霎時震得粉碎。一轉眼，不但屋頂被炸飛了，連牆壁也坍塌，碎片飛射四濺，只剩一片廢墟。

37

如果有機會讓你的生命重來一次，你想改變什麼？又有什麼想保持不變？（喬治華盛頓大學）

灰飛煙滅。

「是頭條嗎？」我媽拿起爸爸病床邊那份《紐約郵報》問。「頭條上面是這麼寫的嗎？」

我爸慢慢把手伸出護欄，越過報紙，拿起咖啡。他聞了聞，覺得不太對，連一口都沒喝又放了回去。打從他進來的那一刻起，肯定就一直跟護士抱怨咖啡太難喝了。我自己的感覺是，他們其實巴不得趕快把他弄走，讓他到外面去喝星巴克，這樣就不用再整天聽他碎碎念了。

「其實，」我爸微微聳了聳肩。「他們說的也不誇張啊。」

「至少派瑞沒有灰飛煙滅啊。」我媽說。

「媽，派瑞又沒有在屋子裡，」安妮依然盯著她的手機，兩隻拇指忙著輸入。「跟你們說喔，有家日本電視台想要訪問派瑞耶。」

「訪問免談，」我爸說，「至少得等到調查結束再說。」

「爸，不要這樣嘛！是東京耶。那些日本人對我們有興趣耶！」

「妳爸說的妳都聽見了，」我媽接口說，「訪問免談。」

「媽，妳真的很討厭耶！以後再也不會有人那麼關心我了啦！」

「怎麼會呢，寶貝，」我媽乾脆繼續看她的報紙，連頭都懶得抬了，「我們會一直關心妳。」

安妮不以為然地轉了轉眼睛。「拜託，真是多謝了。」

我默默坐在房間角落裡，隱身在一大片鮮花、氣球、卡片以及嘈雜刺耳的聲音中。感覺起來，和這裡的氣氛格格不入的，就只有這間病房本身。如果住的是某個正在垂死掙扎，或至少努力想康復起來的人的話，會更合適一些。我的目光一直飄向《紐約郵報》那行斗大的大寫頭條，和底下那張我家的空拍照，或者該說，那曾經是我家，後來被夷為平地，只剩焦黑殘跡。

灰飛煙滅。

有時我會夢見妳。

在我的夢裡，我們漫步在夜裡的第十大道上。妳沒有中彈，我們兩個的狀況都還不錯。

我問妳，任務結束了沒有，妳回答說，是，都結束了。

在我的夢裡，我們走過之後，街燈陸續熄滅，然而，我卻依然能夠清清楚楚地看到那個街角。妳像是一盞燈籠，綻放著光和熱，照亮了眼前的人行道，整個路口都籠罩在一片奇幻炫目的白光之中。妳讓我伸手握住妳的手，微微淺笑。

妳再次吻我。在我的夢裡，我知道這代表我快要醒了。從妳的臉、眼睛和皮膚流瀉出來的光芒越來越刺眼，接著妳說，妳得走了。

妳說，妳萬分不捨。

妳說，妳是火神。

日子一天天過去。

時光從未停下腳步，那個夏天當然也不例外。把家裡的房產清理出售之後，不到六個星期，我爸和我媽就和建築師碰面，選定了新家的位置。大家總算鬆了口氣。安妮還是在同一個學區，保險公司的理賠金額也很高。媽說，這樣也好，反正她正好想換個新廚房。

記者開始慢慢對我們失去興趣，這可是個天大的好消息。夏天剛開始，我們全家人躲在康乃狄克州一個五星級度假勝地裡，裡頭有游泳池、桑拿浴、白天還可以做spa，成天吃館子，忙著買新衣服，添購家具、鍋碗瓢盆……等等，和其他你家被人炸掉之後所有一切該買的東西。

我爸堅持所有東西都要用最好的。他說，花這些錢來慰勞我媽很值得（但他從來不曾解釋原因）。經過凡樂希・「聖母馬利亞」・史塔森的事件後，我原本以為他的壓力會爆表，不過，他不改讓人跌破眼鏡的習慣，遞上辭呈，拍拍屁股，「尋找其他可能」去了。他說，他彷彿卸下了肩上的千斤重擔。警方初步調查發現，全公司上上下下，沒有任何一個人，包括我爸在內，知道凡樂希私底下在幹這種勾當，而哈瑞特、史塔森與弗利普聯合事務所也成了法律界的恩隆，被人拿來當作深夜脫口秀的笑柄，事務所的客戶更消失得比鐵達尼號頭等艙船票的速度還快。從頭到尾，我爸始終淡定得很詭異。「一個律師若有書約在身，那你大可不必替他難過，」他說。而當我媽問他合約到底拿到了沒有，他卻只是眨眨眼，說他「正在和出版商洽談」。

常有他在身邊感覺有點怪，但至少還不壞，就像在家裡度了三個月的假一樣。我們一起打網球，有比較多機會聊天，爭執也比較少，甚至還到緬因州的海灘度了十天假。我媽臉上的笑容變多了。而且，她和我爸開始會牽手了喔。安妮生平第一次有人約她出門，不算是正式約會，只是和一群朋友一起去看場電影罷了，但約她的那個男孩留他媽媽一個人坐在車上等，親自上門來接她。他瞪大了眼睛從套房門口望進來，彷彿不敢相信自己的眼睛：「乖乖，你們真的住在這裡嗎？」他那表情我到現在都還記得。

我和諾里還有尺蠖裡的幾個朋友見了面，一起練了幾次團，但Interscope唱片公司的人從來沒聯絡過我們。七月之後，沙夏離開我們，去組了自己的團。

膝蓋上的傷口漸漸結痂。不論我曬得多黑，傷口始終慘白。

漸漸的，妳不再出現在我夢裡。

七月底，我依然沒收到哥倫比亞大學的回音，八成已經從候補名單上被扔進垃圾桶裡了，我卻沒預期中那麼失望。我早就獲得了康乃狄克大學和三一大學的入學許可。如今我開始懷疑，我是不是真的那麼想進哥倫比亞。

幾天之後，我接到一通電話。

38

如果經濟許可，家人也不反對，上大學之前最後一個暑假，你會怎麼安排？（羅格斯大學）

走廊上的那位女士說她叫作蓮恩・庫桑斯，是哥倫比亞大學部招生委員會的主任委員。她大約四十幾歲，一頭深棕色秀髮，手裡握著幾千位惶惶不安的高中畢業生的生殺大權，看起來自信滿滿，冷若冰霜。在她甚至還沒開口邀我們進辦公室之前，我爸就忙不迭地衝到我媽面前去跟她握手，想必是對她頗有好感。

「請坐，」她說，「能為各位提供些什麼嗎，要喝水還是咖啡？」

「我想應該都不用，謝謝。」我爸說。

蓮恩和我們三個之間隔著一張桌子，大理石桌面光可鑑人，高貴優雅，上頭除了一台筆記型電腦、一支電話，和一個背對我們的銀色相框之外，毫無長物。辦公室其他部分同樣相當簡潔，除了一個鉻黃色書架之外，就只有一扇窗能看見外頭的街景，要不是窗台上吊著幾株活像長腳綠蜘蛛的植物的話，這地方還真可以說是沒半點生氣。

「是這樣的，」她開口說，「先前我們在電話中曾經提到，這絕對是個罕見的例外。一般而言，入學申請流程完全是線上作業。我上一次親自和學生面談已經是……嗯，好多好多年前的事了。」她面帶微笑地看著我，而我也露出微笑，幾乎有些不由自主。「不過，派瑞的情況很特殊。想邀你過來面談的人其實就是我本人。」

「這樣啊，」我媽說，「我們真的非常感謝哥倫比亞大學對派瑞這麼感興趣。」

蓮恩呵呵笑了起來。「對派瑞感興趣的人絕對不只我一個。過去這兩個月來，新聞炒得很大……嗯，你一定覺得自己變成了眾所矚目的焦點了，對吧？」

「沒錯，女士，」剛才她說「眾所矚目」這四個字的時候，發音還真有點怪。「和妳說的差不多。」

「我想，你一定會有這種感覺。札克索斯卡斯小姐的下場還真可憐，不過……話說回來，我知道你很忙，我們直接切入正題，好嗎？」她打開抽屜，翻開一份資料夾。「讓我看看。五月的時候就收到了你的申請書。GPA三點三……」

「三點三四，」我爸立刻糾正。

「三點三四。」蓮恩拿起一支削尖的鉛筆，在資料上打了個小勾，笑容顯得有些僵硬。「沒錯，謝謝你。SAT兩千兩百二十五。ACT二十五，百分等級八十五。曾經參加過游泳校隊、法律辯論社還有學生議會，表現著實讓人敬佩……」笑容微微轉變，「不過，我想你一定瞭解，哥倫比亞大學的大學部在挑選學生這方面是出了名的嚴苛。由於本校水準優異，不免對學生有諸多要求。史都麥爾伉儷，請別誤會我的話，假如剛才那些數字就能完全代表派瑞的話，我想……今天我們大概也不會坐在這裡了。」

我轉頭瞥了我爸媽一眼。他們的臉全垮了，不過，我爸還是很努力的試著擠出一些笑容來，但那表情實在很詭異，幾乎會讓人以為他有便秘。

「抱歉，」我媽說，「我聽不太懂妳的意思。」

「我說的是這個。」蓮恩伸手從抽屜裡掏出一疊兩吋厚的資料，砰的一聲放在桌上。「派瑞的作品。」

我爸媽望著那疊紙，眉頭緊皺，好似蓮恩剛從地底下挖出一顆肥大真菌扔到他們眼前一樣。乍看之下，我的作品和真菌還長得滿像的。

「那是他寫的？」我媽如墜五里霧中。

「嗯。」蓮恩翻開我的作品。「我們在申請書上，請學生針對一個主題，發表一段兩百五十到五百字之間的論述。但派瑞足足寫了四萬字。」

「四萬？」我爸懷疑自己有沒有聽錯。

「題目是什麼？」我媽問。

蓮恩低頭看著第一個翻開的資料夾。「哪一個情況或哪一次事件，對於你瞭解你的自我認同有所助益？試述之。」她抬頭對我們眨了眨眼，臉上不可置信的表情簡直可稱得上是天衣無縫，我懷疑她平常就會對著光亮的桌面偷偷練習。「一般情況下，學生的回答如果完全不把我們的申請標準放在眼裡的話，我們會原封不動地把申請文件退回，而且絕對不會花時間翻一翻。然後，我們會請申請者補送一份合乎標準的文件來，但也有可能直接告訴對方，他或許不適合來念我們的大學部。然而，派瑞的作品篇幅實在太長了，引起了其中一位招生委員的注意，他看過之後，還把它傳給其他委員……然後，派瑞慢慢成了大家口耳相傳的傳奇人物，真的。」

「傳奇人物？」我媽瞪著我說。「他寫了什麼東西？」

「用最簡單的話來說，他寫的是一段他和戈碧佳・札克索斯卡斯夜裡在紐約冒險的故事。」蓮恩讓紙張滑過指尖。「除了申請文件之外，派瑞還寄來了這份冗長、鬆散的故事，裡頭不但有許多不雅的字句，甚至還有對犯罪行為的描寫，幾乎完全不把一般大學申請文件所需符合的標準放在眼裡。裡頭的文字很口語，拐彎抹角，自相矛盾，有些地方根本就是胡說八道。」她將封面輕輕合上。「然而，這也是我到這個單位任職以來，所見過最具創意、最引人注目的作品。」

「很好，」我爸愣愣地說。

「很好，」我媽也跟著說。

「沒錯，」蓮恩凝望著我的雙眼。「寫得很好，派瑞。說了這麼多之後，你能瞭解為什麼我會主動請你和你的家人親自走一趟了嗎？」

「是的，女士，」我說。「我想我瞭解。」

「很好。」她用指尖輕輕扶著那疊紙的邊緣，往左移了整整六吋。「我想，接下來唯一要說的就只有『歡迎加入哥倫比亞』了。」

沈默圍繞著我，清清楚楚，四周沒有任何動靜。我感覺得到我爸媽看著我，等我答話。

「謝謝妳，」我說，「不過，我想那不是現在的我所想要的。」

蓮恩微微把頭向左偏了些，除此之外沒有其他反應。「可以請你再說一次嗎？」

「最近我一直在思考。」我先深吸一口氣，再緩緩呼出。「我想，我真正想做的是在上大學之前先休學一年——」

「休學一年？」這下我爸可慌了。「等等。這部分我們還沒討論過。」

「我想去旅行。出國一陣子，看看這個世界。」

「我瞭解了，」蓮恩說。她依然不停地眨眼，臉頰和頸背已經微微泛起一片紅暈。「那當然也是個選擇啦。」

「親愛的？」我媽說話了。「你確定這真的是你要的嗎？」

「確定，」我說。

「不，他一點也不確定，」我爸急忙轉頭看著蓮恩，激動得連屁股都抬離了椅面。「庫桑斯女士，我非常抱歉。妳可以讓我們私下討論一下嗎？」

「不用了，爸。」

他兇巴巴地瞪著我。「派瑞——」

「爸。真的不必討論了。」我站起來，伸出手。「很高興妳喜歡我的作品，蓮恩小姐。謝謝妳撥冗接見我們。」

「別這麼說，」她說，「派瑞，關於你的作品，我說的可不是客套話。我衷心希望，假如哪天你改變心意的話，你能考慮……回這裡來。」

「我會的，」接著我轉頭對我爸媽說，「可以走了嗎？」

我媽站在門前的台階上，等我爸去把車開來。八月豔陽打在我們臉上，和剛才有冷氣的辦公室相比，感覺熱上許多，兩旁櫛比鱗次的大樓把汽車廢氣困在馬路中央，更顯得潮濕而悶熱。

「他真的抓狂了，」我說。

她皺起眉頭。「過一陣子就沒事了。」

「你想大概要多久？」

「這個嘛……」她拿出太陽眼鏡戴上。「我們只能說，或許你先離開一陣子是件好事。」

我聽了忍不住大笑。一會兒之後，她也笑了。「我真的以你為榮，派瑞。」

「真的嗎？」

「雖然你爸嘴裡不說，但心裡想的其實和我一樣。人總是要有一些特殊的因緣才能體會，長久以來抱持的信念和選擇，未必就是對我們最好的。要有這種體會可不簡單。」

我轉身望向剛離開的那棟建築。台階上，學生三三兩兩，穿著短褲、T恤、夾腳拖，甚至還有人光著腳。一個金色短髮女孩，戴著大大的深色太陽眼鏡，站在最上面的那一階，望著底下的我。

我知道，她不只是隨便看看而已，她是在凝視我。

我的心臟幾乎快停了。

「派瑞？」我媽說。「你要幹嘛？」

「我馬上回來。」

台階明明就在我眼前，卻感覺不到自己正一步步往上爬。踏上最上面那一階時，女孩依然緊盯著我。她仰頭看著我，我發現她脖子上有一道淡淡的疤痕。豔陽下，半心形墜子閃著刺眼光芒。

「抱歉，」我說，「我認識妳嗎？」

她搖搖頭。「你是這裡的學生嗎？」

「不是。」

「我也不是。」

「那我一定是弄錯了。」

「放輕鬆。」她聳起其中一邊肩膀。「這是常有的事。」

「我正打算出門旅行一陣子。繼續念書之前，我想四處走走，多感受一下外面的世界。」

「旅行啊？」

「對啊。有可能會去歐洲，我想。」

她點點頭。「歐洲很棒喔。」

「我從來沒去過。」

「尤其是威尼斯。」

「真的嗎？」

「那裡有間哈利酒吧。」

「我聽說過。」我說。

「那裡的酒保是傳話高手，」她說，「如果你到那兒去的話，最好去找找他們。」

「我會的。」

「派瑞！」我媽的聲音從馬路邊傳來。「你爸到嘍！」

「好。」我家那輛積架正慢慢往路邊靠近，我轉身揮了揮手。「我馬上下去。」

再回頭，女孩已經消失無蹤。

謝詞

創作一本小說，不像回答大學入學的問答題那樣，會讓人緊張得頭皮發麻，然而在這一路上，始終有一群人支持著我。我要感謝Rob Swartwood替我讀過初稿，在超大號薯條的陪伴下，和我從頭到尾一頁接一頁校訂。我要感謝Phyllis Westberg、Don Laventhall，和世界上最聰明、迷人的編輯Margaret Raymo。我還想感謝西岸的Lis Rowinski、Josh Schwartz、Stephanie Savage，以及Irene Yeung、Roy Lee，唯有你們從不間斷的熱情和深刻的洞見，這本書才能問世。最後，我當然不能免俗地要感謝我的太太Christina，我這一生所有的美好都來自於她。她不但一口氣讀完了我的手稿，而為了把腦袋裡那些稀奇古怪的靈感呈現出來，日復一日，除了一杯咖啡之外，就只有誠摯的祈禱陪我在地下室裡奮鬥，也是她，我才有堅持下來的勇氣。**親愛的，我愛妳。**

瘋狂畢舞夜 / 喬.施瑞柏(Joe Schreiber) 著；
吳俊宏譯. -- 初版. -- 臺北市 : 大塊文化, 2013.05
面； 公分. -- (R ; 51)
譯自：Au revoir, crazy European chick
ISBN 978-986-213-434-4 (平裝)

874.57 102006029

LOCUS

LOCUS

LOCUS

LOCUS